Rochambeau Branch

Lewis
Carroll

Владимир
Набоков

Alice's
Adventures
in Wonderland

by Lewis Carroll

Аня
в Стране чудес

Перевод
Владимира
Набокова

Москва
ОАО Издательство «РАДУГА»
1999

ББК 84.4 Вл
К98

Предисловие и комментарии Н. М. Демуровой
Редактор К. Н. Атарова

К98   **Кэрролл Л.** Приключения Алисы в Стране чудес.
Набоков В. Аня в стране чудес. Повесть-сказка. — На
англ. и русск. яз. — М.: ОАО Издательство «Радуга»,
1999. — 317 с.

В издании представлены под одним переплетом классическая детская
повесть-сказка английского писателя Льюиса Кэрролла в оригинале и ее
перевод-пересказ, принадлежащий перу известного русско-американского
писателя, классика XX века Владимира Набокова.
Издание сопровождается вступительной статьей и комментариями к
тексту.

К $\dfrac{4804010100-035}{030(03)-99}$ без объявления

ISBN 5-05-004770-6

Contents

Алиса на других берегах

Кэрролловская «Алиса в Стране чудес» стоит — по одному из тех странных *поворотов судьбы*, за которыми с неослабным вниманием всю жизнь наблюдал Владимир Набоков (1899—1977), — в самом начале творческого пути замечательного русско- и англоязычного писателя. Едва ли она была не первой его прозаической книжкой — и в этом сейчас видится некий особый смысл. Она вышла в 1923 году [1] в Берлине в эмигрантском издательстве «Гамаюн» и называлась «Аня в стране чудес» [2]. На титульном листе, следующем за авантитулом с изображением мифической птицы Гамаюн, стояло имя переводчика: «В. Сирин» (еще одна вещая птица!). Под этим именем Набоков опубликовал потом в Германии произведения, написанные им по-русски («Машенька», 1926; «Король, дама, валет», 1928; «Защита Лужина», 1930, и др.). Книга вышла с иллюстрациями С. Залшупина; по крайней их невыразительности [3] в настоящем издании они заменены на рисунки самого Кэрролла, которыми он снабдил рукописный вариант сказки, подаренный им «милой девочке» Алисе Лидделл, вдохновившей ее.

Вспоминая о берлинской поре своей жизни (1922—1937), Владимир Набоков писал в русском варианте авто-

---

[1] В том же 1923 г. вышли два сборника стихов Набокова — «Горний путь» и «Гроздь», а несколько раньше — перевод «Кола Брюньона». Французская линия, однако, в дальнейшем творчестве Набокова развития не получила.

[2] Л. К а р р о л ь. Аня в стране чудес. Пер. с англ. В. Сирина с рисунками С. Залшупина. Берлин: Гамаюн, 1923.

[3] "...remote and pseudo-cubistic variations on Tenniel" — так характеризует их переводчик Набокова С. Карлинский. См.: Simon Karlinsky. *Anya in Wonderland: Nabokov's Russified Lewis Carroll.* — TriQuarterly Review. No. 17. Winter, 1970. Publ. in California.

биографии: «Сначала эмигрантских гонораров не могло хватать на жизнь. Я усердно давал уроки английского и французского, а также и тенниса. Много переводил — начиная с *Alice in Wonderland* (за русскую версию которой получил пять долларов) и кончая всем, чем угодно, вплоть до коммерческих описаний каких-то кранов»[1]. В английских вариантах — *Conclusive Evidence* и *Speak, Memory* — по поводу пяти долларов прибавлено: «немалые деньги во времена инфляции в Германии». Из других источников узнаем, что перевод был завершен по возвращении Набокова в Берлин из Кембриджа, что вызывает в памяти так живо описанный им старинный университетский городок, где он провел студенческие годы: готическую стройность и красоту его зданий, горящие червонные циферблаты на стремительных башнях, плавное течение реки, солнечно зеленеющие прямоугольники газонов, плакучие ивы, старые вязы, празднично пышные каштаны, словно вышитые зелеными шелками по канве поблекшего, нежного неба, круглые серебряные звуки бьющих часов[2]... Конечно, Оксфорду, где провел свою жизнь математик Кэрролл, далеко до Кембриджа, признанной жемчужины английской готики, и все же, верно, место для погружения в «Алису» судьба выбрала для молодого российского изгнанника удачно (насколько вообще может быть удачен любой выбор такого рода) — главным образом потому, что дала тем самым Набокову, обуреваемому в те дни совсем иными страстями и мыслями, возможность уловить особый ритм и интонацию, звучащую в «академических дубравах» туманного еще в те дни Альбиона. Он погрузился в мир Льюиса Кэрролла, тоже в своем роде изгнанника, но только уже добровольного, ушедшего в чудачество, эксцентрику, игру.

Впрочем, Владимир Набоков был с детства очень «английским ребенком». Выросший в семье видного политического деятеля и англомана Владимира Дмитриевича Набокова, одного из лидеров партии конституционных де-

---

[1] Владимир Н а б о к о в. Другие берега. М.: Книжная палата, 1989. С. 136.

[2] См. эссе «Кэмбридж» в кн.: Владимир Н а б о к о в. Рассказы. Приглашение на казнь. Роман. Эссе, интервью, рецензии. М.: Книга, 1989. С. 337—340.

мократов, Набоков с детства был «окружен Англией» — ее языком, вещами, книгами, искусством, людьми. Его первым языком был английский, а с русским у будущего замечательного писателя и стилиста еще в Тенишевском училище, куда отдал его демократически настроенный отец, были сложности, о чем сейчас трудно помыслить. Тут на ум приходит неожиданное сопоставление: Редьярд Киплинг, воспитанный в Индии, также заговорил впервые на языке своей темнокожей нянюшки-айи, а родным английским овладел позже и не без труда. Но какой зато это был английский! И какой это был русский у Набокова! Тут для лингвиста и психолога просматривается некая проблема и закономерность — однако нас она слишком увела бы в сторону.

В «Других берегах» и многочисленных художественных произведениях Набокова разбросано немало упоминаний об английских гувернантках и наставниках, учивших маленького Володю, и об английских книжках, которые он читал. Он вспоминает английские сказки, книжки о рыцарях, чувствительную Марию Корелли и других сентиментальных и нравоучительных авторов — и, конечно, «Алису в Стране чудес». «Как и все английские дети (а я был английским ребенком),— скажет он в 1966 году в Монтрё,— Кэрролла я всегда обожал»[1]. Не потому ли, что «Алиса» так разительно отличалась от «вульгарной сентиментальности» всех этих «Сониных проказ», «Примерных девочек», «Каникул» мадам де Сегюр (урожденной Растопчиной) или русского «Задушевного слова», Чарской и многих, многих других детских писательниц, вызывавших у самого писателя содрогание, переданное им различным героям его прозы? Интересен сокрушительный отзыв, который находим в «Подвиге»,— исследователь Набокова называет его самым «человечным» его романом[2], возможно, потому, добавим мы, что он и самый автобиографичный. «И, разумеется, первые книги Мартына были на английском языке: Софья Дмитриевна как чумы боялась «Задушевного слова» и внушила сы-

---

[1] Владимир Н а б о к о в. Из интервью, данного Альфреду Аппелю. В кн.: Владимир Н а б о к о в. Рассказы. Там же. С. 424.

[2] Виктор Е р о ф е е в. Набоков в поисках потерянного рая. В кн.: Владимир Н а б о к о в. Другие берега. Там же. С. 11.

ну такое отвращение к титулованным смуглянкам Чарской, что и впоследствии Мартын побаивался всякой книги, написанной женщиной, чувствуя и в лучших из этих книг бессознательное стремление немолодой и, быть может, дебелой дамы нарядиться в смазливое имя и кошечкой свернуться на канапе. Софья Дмитриевна не терпела уменьшительных, следила за собой, чтобы их не употреблять, и сердилась, когда муж говаривал: «У мальчугана опять кашелек, посмотрим, нет ли температурки». Русская же литература для детей кишмя кишела сюсюкающими словами или же грешила другим — нравоучительством»[1]. Если собрать вместе все эти отзывы из книг Набокова, то вывод напрашивается сам собой: перевод «Алисы» не был для молодого писателя случайностью. Несмотря на все трудности эмигрантского существования, коммерческие описания каких-то кранов он переводил, а вот писательниц типа Марии Корелли или мадам де Сегюр — нет. Дело, по-видимому, в той особой *соприродности*, которая, по глубокому убеждению Набокова, должна существовать между автором и его переводчиком. Только она позволит последнему создать то *воплощение* (снова слово Набокова!) оригинала, которое и может единственно считаться настоящим переводом. «Главное — верность своему автору, как бы ни ошеломлял результат»,— напишет он в предисловии к английскому переводу своего романа «Приглашение на казнь»[2]. Такая *соприродность*, несомненно, существовала между молодым русским эмигрантом, с младых ногтей впитавшим в себя английский язык и дух, и педантичным оксфордским математиком, удивившим своих знакомцев ни на что не похожей книжкой о фантастических приключениях Алисы под землей. Однако в какой степени молодому Набокову удалось реализовать эту потенциальную *соприродность*, насколько ему удалось *воплощение* «Алисы в Стране чудес» — это вопрос особый, ибо здесь в дело включаются литературная традиция, опыт и многие другие обстоятельства.

Но, прежде чем обратиться к рассмотрению этих про-

---

[1] Владимир Н а б о к о в. Подвиг. Цит. по кн.: Владимир Н а б о к о в. Другие берега. С. 151.

[2] Владимир Н а б о к о в. Рассказы. С. 407.

блем, вспомним, что за писатель и что за личность был Кэрролл и почему его сказка об Алисе и ее приключениях до сих пор читается с таким восхищением в столь многих странах.

*   *   *

О Льюисе Кэрролле (1832—1898) нам известно сейчас уже очень много. Мы знаем, что настоящее имя его было Чарлз Лютвидж Доджсон («ж» при этом не произносилось, на чем он неизменно настаивал), что он читал лекции в Оксфорде в колледже Крайст Чёрч, который сам с блеском окончил, что он был математиком и автором ряда работ по математической логике. Мы знаем также и то, что он был человеком скрупулезной щепетильности и честности и весьма «викторианским джентльменом» (Г. К. Честертон), большим педантом и в то же время эксцентриком и чудаком, что он не захотел принять сан священнослужителя, что было непременным условием профессуры в его колледже, а остановился на сане диакона, без чего (до изменения университетского статута, которое произошло лишь во второй половине 70-х годов) он вообще не мог бы преподавать в Крайст Чёрч. Мы знаем, что он любил театр, был превосходным фотографом (на заре этого нового и очень трудного искусства), страдал бессонницей и, чтобы не впасть в грех уныния, сочинял в ночи логические задачки, которые позже опубликовал под названием «Полуночные задачи» (*Pillow Problems*), что он придумывал новые правила для игры в шахматы и составлял шахматные задачи, а также без конца что-то изобретал. Мы знаем еще, что он любил детей, и особенно маленьких девочек,—весьма викторианская черта, ибо считалось, что им было открыто простое, интуитивное познание Бога и добра, и дружба с этими невинными душами могла сравниться лишь с «ангельскими беседами»,—и что из всех своих юных друзей он более всего любил Алису Лидделл, дочь ректора Крайст Чёрч, с которым расходился по ряду принципиальных для него вопросов. Именно ей и была преподнесена рукописная сказка «Приключения Алисы под землей», которую доктор Доджсон рассказал Алисе и ее сестрам Лорине и Эдит во время знаменитого пикника 4 июля 1862 года. Рукопись,

11

тщательно переписанная четким и красивым почерком доктора Доджсона, была также украшена его рисунками (которые воспроизведены в настоящем издании и сопровождают русский текст). Лишь в 1865 году расширенный текст рукописи был издан под названием «Приключения Алисы в Стране чудес» — на этот раз с иллюстрациями Джона Тенниела, выполненными под наблюдением самого автора (они сопровождают в настоящем издании английский текст).

За 125 лет, прошедших со дня публикации «Алисы в Стране чудес», стало ясно, что сказка его — произведение не только оригинальное, но и в высшей степени новаторское и что сам скромный преподаватель математики из Оксфорда — весьма нетривиальный мыслитель, задумывавшийся над многими вопросами современного ему знания, а подчас и опережавший свое время. Это стало предельно ясно, когда уже в наши дни были опубликованы его дневники и письма, его логические работы и задачи и когда ряд современных ученых взглянули на его труды — в том числе и на две сказки об Алисе — с позиций нашего времени [1].

В сказках Кэрролла «Алиса в Стране чудес» и «Алиса в Зазеркалье» (1871) нашли выражение не только его математические или логические построения и догадки, но и глубинные экзистенциальные размышления, и мысли о языке, о природе знания и пр. Теперь нам уже трудно представить себе, что, когда солидное издательство Макмиллана выпустило в 1865 году в свет первую сказку, критики были в недоумении: отдавая должное «старательности автора и живости его воображения», они находили описанные им приключения «неестественными» и «пере-

---

[1] См.: *The Annotated Alice.* With an Introduction and Notes by Martin Gardner. N. Y., 1960; *The Philosopher's Alice.* Introduction and Notes by Peter Heath. N. Y., 1974; R. D. Sutherland. *Language and Lewis Carroll.* The Hague, 1970; М. В. Панов. О переводах на русский язык «Джаббервокки» Л. Кэрролла. — В кн.: Развитие современного русского языка. 1972. — М., 1975; Ю. А. Данилов, Я. А. Смородинский. Физик читает Кэрролла. — В кн.: Льюис Кэрролл. Приключения Алисы в Стране чудес. Сквозь Зеркало и что там увидела Алиса, или Алиса в Зазеркалье. М.: Наука, 1979. Упомянем еще имена П. Флоренского, российского логика Г. Л. Тульчинского, американского математика Фрэнсин Эйбелиз (Francine Abeles) и др.

груженными всякими странностями», а некоторые так даже и «экстравагантными и абсурдными» и, уж конечно, «не способными вызвать иных чувств, кроме разочарования и раздражения»[1]. Лишь весьма постепенно чувство недоумения и растерянности отступило — к середине нашего века (но, пожалуй, не раньше!) стало очевидно, что, несмотря на краткость и внешнюю легкость «Алисы», это одно из самых глубоких произведений, качественно изменивших представления о том, какой должна быть детская книжка. Ф. Дж. Харви Дартон, крупнейший авторитет в области английской детской книги, отметил, что «Алиса» совершила настоящий «революционный переворот» в английской (и не только английской, добавим мы) детской литературе[2], отказавшись от назидательности и сентиментальности и прочно утвердив принцип смеха и игры. С годами критики весьма подробно проработали различные «пласты» в обеих сказках об Алисе, обнаружив в них множество биографических, научных, пародийных моментов[3].

«Алиса» существует и функционирует по меньшей мере на двух совершенно различных уровнях. Это, с одной стороны, уровень «детский», адресованный сколь угодно юным читателям, которые могут по достоинству оценить сами «приключения» Алисы, а главное, затеянную Кэрроллом увлекательнейшую игру в нонсенс (или, по-русски, в бессмыслицу, чепуху). Вместе с тем в «Алисе» просматривается и другой, «взрослый» уровень, который дети еще не могут воспринять, но который самим фактом своего присутствия придает ей особую значимость и глубину. Оставшись в памяти ребенка, эти «взрослые» темы и мотивы, совсем или почти совсем не воспринимаемые в детстве, с годами «проявляются» и закрепляются, словно на фотографии, под воздействием накапливаемого жизненного опыта и размышлений. Есть в сказках об Алисе

---

[1] См.: *Aspects of Alice. Lewis Carroll's Dream Child as Seen through the Critics' Looking-Glasses. 1865-1971.* Ed. by Robert Phillips. L., 1972.

[2] F. J. Harvey Darton. *Children's Books in England.* Cambridge, 1970. P. 268 (First Ed. 1932).

[3] В комментариях к наст. изд. мы постарались воспроизвести, разумеется, по необходимости сжато, наиболее существенные из этих суждений и догадок.

и некий сквозной субстрат, который условно можно было бы назвать исповедальным — сдержанный и даже чопорный викторианец, каким, по всеобщему признанию, был Кэрролл, пуще всего боявшийся говорить о таких сокровенных темах, как одиночество или смерть, вольно или невольно все же о них говорит, хотя и в очень опосредованной форме. Это тоже ощущается — даже и взрослым читателем — не сразу, зато когда воспринимается, то западает и в ум, и в душу. Необычайная органичность «артефакта», этого особого сконструированного мира, столь разнообразного по своей эмоциональной и интеллектуальной значимости, естественность самых неожиданных переходов, сдержанность и великолепное чувство меры придают прозе Кэрролла редкую выразительность и изящество. Вероятно, именно в силу всех этих свойств «Алиса» — не побоимся сказать, наряду с Библией или Шекспиром, — является наиболее часто цитируемым источником. Это «книга на все времена» — недаром, по признанию одного из поклонников Кэрролла, в ней он находил цитаты буквально на все случаи жизни!

Говоря о сказке Льюиса Кэрролла, исследователи обычно употребляют термин «нонсенс», который каждый из них осмысляет по-своему. Но все они сходятся на том, что это чисто английское явление, все называют в качестве несравненных мэтров нонсенса два имени — Эдварда Лира и Льюиса Кэрролла, все соглашаются, что нонсенс — не просто бессмыслица и чепуха (nonsense), но и некая система, имеющая некий смысл (sense). Впрочем, что за смысл в нем кроется? На этот вопрос существуют самые различные ответы. Видная английская писательница Вирджиния Вулф видит в нонсенсе Кэрролла детскую «остра́ненность» (хотя, разумеется, и не употребляет этого термина, введенного в обиход В. Шкловским), умение взглянуть на мир свежим, незамутненным взглядом ребенка. Г. К. Честертон, которому была особенно близка эта черта творческого метода Кэрролла и который плодотворно использовал тот же принцип в собственном творчестве, подчеркивает связь нонсенса Кэрролла с его логическими занятиями и отмечает высокоинтеллектуальный характер его смеха. Он говорит о строго ограниченных местом и временем «интеллектуальных каникулах», которые позволял себе опутанный узами условности викторианец, и противопоставляет «застывшему торгашеству современного мира» — «пьянящее молодое вино нонсенса Кэрролла» [1]. Известный поэт и сказочник Уолтер де ла Мар связывает воздействие сказок Кэрролла на читателей с древним учением о катарсисе и указывает на радостный, «очищающий» смех этого автора. Особый интерес, как нам кажется, представляет точка зрения современного логика Элизабет Сьюэлл, которая рассматривает нонсенс как некую логическую систему, в основе которой лежит принцип игры.

По мысли Сьюэлл, нонсенс есть вид интеллектуальной деятельности или системы, требующий по меньшей мере одного игрока, а также некоего количества предметов (или одного предмета), с которым он мог бы играть. Такой «серией предметов» в нонсенсе становятся слова (или язык как таковой). «Игра в нонсенс» состоит в отборе и организации материала в собрание неких «дискретных фишек», из которых создается ряд отвлеченных и по-своему детализированных систем. В ходе этой игры человеческий разум осуществляет две одинаково присущие ему тенденции — тенденцию к разупорядочению (или попросту — к беспорядку) и к упорядочению (или порядку) действительности. «В сфере нонсенса не может быть решающего сражения, — отмечает Сьюэлл, — ибо, пока сознание остается в пределах языка, которым ограничен нонсенс, оно не может ни подавить собственного стремления к неупорядоченности, ни преодолеть его окончательно, ибо эта сила для сознания не менее существенна, чем противостоящее ей стремление к упорядоченности. Нонсенс может лишь вовлечь силу, создающую беспорядок, в непрерывную игру. Это справедливо и по отношению к самому противоборству: оно не имеет конца. Обе сказки об Алисе кончаются произвольно: неясно, почему конец должен наступить именно в данный, а не в какой-то другой момент» [2]. Концепция, выдвигаемая Элизабет Сьюэлл, представляется очень плодотворной для понимания нон-

---

[1] G. K. Chesterton. *Lewis Carroll*. In.: G. K. Chesterton. *A Handful of Authors*. N. Y., 1953.
[2] Elizabeth Sewell. *The Field of Nonsense*. London, 1952. P. 46-47.

сенса как своеобразного жанра (и метода), определяющим моментом которого оказывается игра. Ни для одного другого жанра момент игры не является ведущим, хотя отдельные элементы и могут в нем присутствовать. Нонсенс играет словами — создавая каламбуры, образуя всевозможные «перверзии» или «перевертыши» (меняя местами объект и субъект, причину и следствие, большое на малое и обратно), соединяя несоединимое, разъединяя («отчуждая») неразрывно связанные с предметом части или атрибуты. Особым вариантом «игры в нонсенс» служит лукавое соединение так называемого "understatement" (преуменьшения) с "overstatement" (преувеличением): вспомним те «правила», о которых думает в первой главе Алиса, глядя на пузырек со словами «Выпей меня». Тот особый интерес, который отличает Кэрролла как логика и математика, породил ряд сугубо «кэрроллианских» логических или математических нонсенсов: посмотрите, какими «доводами» оперирует Голубка (Голубь — в переводе Набокова), приходя к горькому выводу о том, что Алиса «тоже змея». Порой оказывается, что нонсенс, не имеющий никакого обоснования и представляющийся нам совершенной чепухой, строго математически обусловлен путем перевода в другую систему координат[1].

Особый интерес в этом плане представляют стихотворные пародии (их называют также бурлесками или травестиями) — «Папа Вильям», колыбельная, которую поет Герцогиня, песни о крокодильчике и летучей мыши, «Омаровая кадриль» и другие. Термин «пародия» в данном случае вряд ли можно считать совершенно точным. Правда, все эти стихотворения так или иначе связаны с неким оригиналом или исходным текстом, который «просвечивает» через «снижающий», «пародирующий» (Ю. Н. Тынянов) текст Кэрролла. Однако степень связи в разных случаях разная, а главное, хотя Кэрролл и использует этот прием, он не стремится к сатире на избранных им авторов. Со многими из них его связывало чувство искренней приязни, и даже нравоучительное стихотворение Саути,

---

[1] См. комментарий Мартина Гарднера относительно «таблицы умножения», которую пытается вспомнить Алиса (*The Annotated Alice*. P. 38).

послужившее «оригиналом» для пародийного «Папы Вильяма», по мысли своей было очень близко Кэрроллу. Когда Кэрролл не писал нонсенса, он думал и говорил совершенно так же, как и Саути в стихотворении «Радости старика, и как он их приобрел». В этом и других подобных ему случаях мы имеем дело с «внепародийной пародией», когда используется «пародический костяк» для создания смехового эффекта. Ю. Н. Тынянов писал об этом приеме: «В этом процессе (т. е. пародическом оперировании текстом. — *Н. Д.*) происходит не только изъятие произведения из литературной системы (его подмена), но и разъятие самого произведения как системы»[1]. Можно сказать, что «пародии» Кэрролла — это такие структуры, отдельные компоненты которых подвергаются по прихоти автора самым неожиданным и произвольным изменениям («Лупите!» вместо «Любите!», «кровожадный крокодил» вместо «трудолюбивой пчелки» и пр.). Силы порядка и беспорядка достигают в этих маленьких слепках нонсенса редкостного равновесия: мы ясно ощущаем как упорядоченную (исходный образец), так и разупорядоченную форму (сама пародия).

В нонсенсах Кэрролла смех функционирует на разных уровнях. Это, во-первых, смех, которым смеются люди при каждом удачном ударе или ходе в игре, особенно если он неожиданно поражает противника. Интересно отметить, что «удачи» или «победы» не сосредоточены на одной стороне, а более или менее равномерно распределены между различными сторонами. Сама Алиса и даже автор становятся то на сторону порядка, а то — беспорядка, в результате чего смех здесь вызывает не решительная победа или преобладание одной из сторон, а сам процесс игры (словесной схватки, противоборства), в ходе которой противники обмениваются неожиданными, ни на что не похожими, «бессмысленными» и в то же время осмысленными репликами, а преимущество переходит то к одной стороне, то к другой, нигде не задерживаясь достаточно долго для того, чтобы одна из сторон одержала окончательную победу.

---

[1] Ю. Н. Т ы н я н о в. О пародии. — В кн.: Ю. Н. Т ы н я н о в. Поэтика. История литературы. Кино. М., 1977. С. 292.

Вместе с таким, чисто игровым, смехом есть в сказке Кэрролла и смех, так или иначе связанный с известными социальными или культурными реалиями викторианского общества. Скажем, сцены суда, завершающие «Страну чудес», заставляют вспомнить о сценах судоразбирательств или о мытарствах по Министерству околичностей из «Холодного дома», «Крошки Доррит» и других прославленных романов Диккенса. Смех Кэрролла, лишенный трагических обертонов Диккенса, лишь минимально (впрочем, вполне ощутимо) «привязан» к реалиям своего времени; вместе с тем он достаточно «алгебраичен» и допускает любое количество «подстановок», ориентированных на реалии уже совсем иного времени. Освобождающее звучание таких смеховых мотивов очень сильно; впрочем, было бы неверно, как мне кажется, приравнивать их к сатире, которая — в качестве непременного признака — всегда привязана к конкретным историческим или злободневным реалиям.

Наконец, упомянем и шутки о смерти, болезни, старости, которых немало в сказке. "Well!" thought Alice to herself. "After such a fall as this, I shall think nothing of tumbling down stairs!.. Why, *I wouldn't say anything about it, even if I fell off the top of the house*" (глава I). Смелость этого смехового приема становится очевидной, если вспомнить, что в литературе второй половины XIX века тема смерти трактовалась в основном в патетическом или сентиментальном ключе. Немногие исключения (упомянем среди них «Подлинную историю маленького оборвыша» Джеймса Гринвуда, которая вышла на следующий год после «Страны чудес») лишь подчеркивают общее правило, от которого не отступали и самые видные мастера английской прозы. Шутки о смерти — подлинная находка для психолога (особенно — психоаналитика). В случае с Кэрроллом их целительность несомненна.

Юмор, по выражению Честертона, вечно «танцует» между бессмыслицей и смыслом. В смехе, которым смеется нонсенс, элемент бессмыслицы очень силен, однако не настолько, чтобы сквозь него не просвечивал «смысл». От того, что смысл этот реализуется не столько в конкретных, реальных, «привязанных» структурах, сколько в более общих «макетах», сказочно-типизированных образах или общих умозаключениях, он вовсе не становится менее выразительным. Напротив, именно это свойство нонсенса делает его чрезвычайно жизнеспособным и стойким по отношению к испытанию временем.

* * *

За прошедшие 125 лет со времени выхода в свет «Приключений Алисы в Стране чудес» сказка Кэрролла была переведена на множество языков, среди которых такие экзотичные, как суахили или «питджантджатджара», один из языков аборигенов Австралии, латынь или «брейль». В 1879 году, т. е. спустя всего 14 лет после английской публикации, вышла первая русская «Алиса», носившая название «Соня в царстве дива» (неизвестный переводчик поменял имя героини и, наряду с большой вольностью в передаче текста, вообще говоря, свойственной переводам или переложениям тех лет, многое переиначил на русский манер). До 1923 года вышло еще четыре перевода сказки — их осуществили М. Д. Грансрем (1908), А. Н. Рождественская (1908 — 1909), Allegro (псевдоним П. С. Соловьевой) и, наконец, аноним, под которым, возможно, скрывался М. П. Чехов. В 1923 году параллельно берлинскому изданию набоковского перевода в Москве — Петрограде вышел перевод А. д'Актиля (А. А. Френкель).

В этих ранних переводах «Страны чудес», сделанных переводчиками весьма разных дарований и возможностей, не было, пожалуй, сколько-нибудь последовательной системы. Свободное переложение, сокращенный пересказ, буквализмы, русификация — все эти особенности диктовались стремлением приблизить перевод к читателю-ребенку, ибо в большинстве своем переводчики понимали, что «Алиса в Стране чудес» — произведение не совсем обычное. Впрочем, следует тут же признать, что многое в «Алисе» оставалось закрытым даже для лучших из ранних переводчиков. Скажем, нонсенсы Кэрролла представляли большую психологическую трудность, порой у некоторых переводчиков даже возникало желание их «исправить»!

Первое, что бросается в глаза, когда берешь в руки

«Аню в стране чудес» молодого Набокова, — это, конечно, то, что он продолжает существовавшую в то время переводческую традицию транспонирования иноязычного текста на русскую почву. Это касается прежде всего имен и ряда исторических и современных реалий. Меняется само имя героини: вслед за неизвестным первым переводчиком «Страны чудес» Набоков заменяет «Алису» на более привычное и домашнее имя «Аня». (Заметим, кстати, что, возможно, эта замена была подсказана и тем, что имя трагически погибшей императрицы Александры Федоровны в сокращении было близко к имени кэрролловской героини: «Аликс» в кругу близких или «Алиса» в широких кругах простонародья. Набоков, конечно, знал об этом.) Подружка Алисы, о которой она вспоминает в Стране чудес, превращается в Асю (вместо «Мейбл»), служанка Белого Кролика становится «Машей», а на доме Кролика появляется на двери блестящая медная табличка со словами: «Дворянин Кролик Трусиков». Соответственно меняются и всевозможные реалии. В «сухом» пассаже из истории Англии, который читает мышь, чтобы высушить общество, речь уже идет не об Англии и Вильгельме Завоевателе, а о Киевской Руси и Владимире Мономахе; когда же во второй главе Алиса внезапно вырастает, она размышляет о том, что будет слать своим ногам на Рождество подарки по адресу: «Госпоже Правой Ноге Аниной. Город Коврик. Паркетная губерния». «Ящерка Билл» превращается под пером Набокова в Яшу — это соответствует его «социальному происхождению», дает возможность для любимой Кэрролл — и Набоковым! — игры аллитерациями («ящерица Яша»). Приведем несколько отрывков из многоголосого хора, комментировавшего события вокруг домика «дворянина Трусикова».

«Теперь скажи мне, Петька, что это там в окне?» — «Известно, ваше благородие, — ручища!» (Он произнес это так: рчище.) — «Ручища? Осел! Кто когда видел руку такой величины?» (...) — «Где другая лестница?» — «Не лезь, мне было велено одну принести. Яшка прет с другой». — «Яшка! Тащи ее сюда, малый!» — «Ну-ка приставь их сюды, к стенке!» — «Стой, привяжи их одну к другой!» — «Да они того... не достают до верха». — «Ничего, и так ладно, нечего деликатничать» (...) — «Эй, Яшка, барин говорит, что ты должен спуститься по трубе».

Приведенный пассаж выписан сочно, со вкусом, просторечье звучит и энергично, и выразительно — пожалуй, даже выразительнее, чем у самого Кэрролла в оригинале, но, разумеется, это просторечие российское, о чем свидетельствуют и такие слова, как «барин», «деликатничать», «ваше благородие» и пр.

В современной критике к такого рода «пересадкам» на русскую почву относятся отрицательно. Приведем слова Е. Эткинда, сказанные им по поводу перевода П. С. Соловьевой (в 1963 году имя Набокова упоминать было невозможно): «Мы оказываемся в ... нелепой англизированной России», с негодованием пишет он, где «нет никакого историзма, никакого интереса к национальному колориту, никакого уважения к психологическому складу англичан» [1]. Суровые слова! Вряд ли они справедливы по отношению к П. С. Соловьевой, которая была талантливой и интеллигентной переводчицей, да и по отношению ко всей проблеме в целом. Тут следует, несомненно, иметь в виду ряд обстоятельств. Во-первых, русская переводческая школа в начале своего становления должна была идти путем приспособления иностранных текстов к русской традиции и культуре — это был неизбежный первый шаг включения их в нашу культуру, или, если угодно, нашего включения в их культуру. Сказанное особенно относится к английским текстам — Англия была гораздо более чужда России, чем, скажем, Германия или Франция; об этом свидетельствует, в частности, и тот факт, что до самого конца XIX века немало произведений английских авторов доходило до русского читателя в переводе с немецкого или французского! И с этими историческими фактами нельзя не считаться. Во-вторых, следует, конечно, иметь в виду и особую, игровую специфику текста

---

[1] Е. Эткинд. Поэзия и перевод. Л., 1963. С. 347. Отметим, что в конце 60-х годов, когда английская детская поэзия и литература в целом стали достоянием широкого русского читателя, возник и третий путь решения этой сложной проблемы. См.: Н. М. Демурова. Голос и скрипка (к переводу эксцентрических сказок Льюиса Кэрролла).— Мастерство перевода. 1970. Сборник седьмой. М.: Советский писатель, 1970. С. 180—185.

Кэрролла. Эткинда возмущает, прежде всего, тот факт, что для стихотворных пародий в своей «Алисе» Соловьева использовала пушкинские строки. Но как, скажите, поступать русскому переводчику начала века, когда он хотел донести до читателя ту веселую игру, которую затеял со стихами Кэрролл, а английские оригиналы были российским детям совершенно неизвестны? Перед переводчиком того времени и той культурно-исторической реальности были лишь два пути: либо бездумный буквализм — но тогда пропал бы весь юмор! — либо замена английских «оригиналов» для пародий на русские — и сохранение главного, игрового приема и смеха!

По этому же пути пошел и Набоков — и создал легкие, блестящие и очень смешные пародии! «Исходными» для них послужили «Казачья колыбельная», «Бородино», «Песнь о Вещем Олеге» и некоторые другие стихи, столь же хорошо известные русским детям, как и английские — читателям Кэрролла. А Набоков адресовал свой перевод детям — и, вероятно, даже и не думал о том, что в этой веселой детской книге многое может быть понятно лишь весьма образованным взрослым и специалистам. Не будем упрекать его в этом: мы уже говорили, что глубинный математический, логический и лингвистический смысл обеих сказок об Алисе открылся современному читателю благодаря специальным комментариям представителей разных областей знаний лишь во второй половине XX века.

Перевод имен персонажей «Страны чудес» ставит перед переводчиком ряд дополнительных проблем, которые не разрешимы путем простого русификаторства. Ведь имена у Кэрролла не просто значимы: они зачастую определяют и характер персонажа, и его поведение. Скажем, «Шляпник» в главе о «Безумном чаепитии» — не просто шляпник: он вызывает у английского читателя немедленную ассоциацию с «Безумным Шляпником» из поговорки: "as mad as a hatter". У русского читателя такая аллюзия не возникает — и в результате он не понимает, что в этой главе действуют два патентованных безумца («Мартовский Заяц» перекочевал к Кэрроллу из другой поговорки: "as mad as a March Hare"). Отсюда и вся безумная логика этой главы, и загадки без ответа, и глупейшие каламбуры, и многое-многое другое. Набоков не ставит перед собой задачи дать русскому читателю намек об исконном, идущем из далеких времен «безумстве» персонажей. Точно так же, назвав "Mock-Turtle" «Чепупахой» (веселое «бессмысленное» словечко, в котором брезжит и некий «смысл», как и полагается по законам нонсенса!), он утрачивает «этимологию» этого имени. Правда, Герцогиня в девятой главе объясняет Алисе, что «это то существо, из которого варится поддельный черепаховый суп», а немного дальше в той же главе Чепупаха смотрит на них «большими *телячьими* глазами, полными слез», но все ли поняли эти намеки даже в тогдашней, благополучной относительно нас России и русском зарубежье? Да и как связать эти детали с именем Чепупахи, даже если знаешь, что «поддельный черепаховый суп» варится из телячьих ножек? Характерно, что на рисунке Залшупина Чепупаха не имеет никаких «телячьих» атрибутов, в то время как у Тенниела их предостаточно.

Ряд персонажей у Кэрролла имеют имена, прямо связанные с ним самим или с сестрами Лидделл и другими известными им лицами. Скажем, Додо — это сам доктор Доджсон: когда он волновался, он начинал заикаться и произносил, представляясь, свое имя «До-до-джсон», попугай Лори — это сестра Алисы Лорина, Eaglet — это вторая ее сестра Edith, Duck — приятель Доджсона Роберт Дакворт (Duckworth), который принимал участие в знаменитом пикнике, когда Кэрролл начал рассказывать по просьбе Алисы сказку. Сестры Лидделл появляются опять в главе о «Безумном чаепитии» под зашифрованными именами Elsie, Lacie, Tillie — очень смешные у Набокова «Мася, Пася и Дася» с реальными именами девочек Лидделл никак не связаны. Сейчас нам очень трудно сказать, насколько известна была биография Кэрролла Набокову в то время, когда он переводил «Алису». Знал ли он вышедшее в год смерти Кэрролла подробное жизнеописание, составленное его племянником и первым биографом доктором Коллингвудом, и другие материалы, исправно публиковавшиеся в течение всей первой четверти нового века? Или, что тоже вполне возможно, не ставил перед собой задачи связывать свой перевод со всеми этими частными подробностями авторской жизни, полагая, что они не будут должным образом восприняты в детской книге без комментария?

По части словесной игры «Страна чудес» представляет для переводчика множество всяких головоломок. Уоррен Уивер, видный американский математик, составивший замечательную коллекцию переводов «Алисы в Стране чудес», которую незадолго до смерти он продал Техасскому университету, так классифицировал эти трудности в книге «Алиса на многих языках»:

а) «*стихи*, которые в большинстве случаев представляют собой пародии английских стихов, без сомнения, хорошо знакомых современникам Доджсона»...

б) «*каламбуры,*

в) *использование специально сконструированных слов или слов-нонсенсов*, которые порой попадаются в тексте и весьма часто — в стихах,

г) *шутки, связанные с логикой,*

д) и, наконец, не поддающиеся классификации *сдвиги в значениях*, в основе юмористические, всегда неожиданные и неотразимые, которые иногда бывают мягкими, а иногда довольно резкими»[1].

Мы уже говорили о стихах. Каламбуры Кэрролла Набокову очень удаются — думается, что это происходит в силу той *соприродности*, о которой шла речь в начале нашей статьи. Перечитайте главы о «Безумном чаепитии» или «Омаровую кадриль», которые изобилуют словесными шутками такого рода, и вы увидите, с каким удовольствием молодой Набоков предается этой игре. Порой, правда, его каламбуры грубоваты — приведем одну из строф «Папы Вильяма»:

> Еще одно позволь мне слово:
> Сажаешь ты угря живого
>   На угреватый нос.
> Его подкинешь два-три раза,
> Поймаешь... Дядя, жду рассказа:
> Как приобрел ты верность глаза?
>   Волнующий вопрос!

---

[1] Warren Weaver. *Alice in Many Tongues*. The Translations of *Alice in Wonderland*. Madison, 1964. Pp. 80-81.

Викторианца Кэрролла, избегающего каких бы то ни было «сальностей» или физических подробностей типа «сопли», весьма часто встречающихся у молодого Набокова, верно, покоробило бы от «угреватого носа», никак не вписывающегося в его поэтику. Заметим тут же, что подробности такого рода нередки в переводе Набокова. Впрочем, это не умаляет выразительности придуманных им параллелей.

Не менее каламбуров удаются Набокову шутки, связанные с логикой, или «сдвиги», которые, по словам Уивера, особенно трудны для перевода, ибо зависят от тончайших оттенков в употреблении слов. Эти неожиданные «сдвиги» Набоков также очень чувствует и удачно передает — хотя они у него опять звучат несколько более определенно и даже грубо.

Вообще говоря, в почерке молодого Набокова чувствуется большая сила и накал, однако, может быть, это происходит потому, что он адресует свою книгу детям — и только детям, и вот у него Кролик «семенит», а Алиса, «вихрем сорвавшись», кидается за ним, а он же опять от нее «улепетывает в темноту», дочь старой Рачихи «огрызается», Гусеница «взвивается на дыбы», Голубь «взвизгивает» и т. д. Впрочем, возможно, что таково уж свойство русского языка, гораздо более определенного и эмоционального в окраске отдельных слов? В своем знаменитом «Постскриптуме к русскому изданию» романа «Лолита» стареющий писатель признавал: «Телодвижения, ужимки, ландшафты, томление деревьев, запахи, дожди, тающие и переливчатые оттенки природы, все нежно-человеческое (как ни странно!), а также все мужицкое, грубое, сочно-похабное выходит по-русски не хуже, если не лучше, чем по-английски; но столь свойственные английскому тонкие недоговоренности, поэзия мысли, мгновенная перекличка между отвлеченнейшими понятиями, роение односложных эпитетов, — все это, а также все относящееся к технике, модам, спорту, естественным наукам и противоестественным страстям становится по-русски топорным, многословным и часто отвратительным в смысле стиля и языка. Эта неувязка отражает основную разницу в историческом плане между зеленым русским литературным языком и зрелым, как лопающаяся по швам смоква, языком английским: между гениальным, но еще недостаточно образованным, а иногда довольно безвкусным юношей и маститым гением, соединяющим в себе запасы пестрого знания с полной свободой духа. Свобода духа! Все дыхание человечества в этом сочетании слов»[1]. В словах мастера о гениальном юноше слышится, как нам кажется, и отзвук мыслей о себе...

О набоковском переводе можно еще многое было бы сказать. Например, он весьма удачно справляется с синтаксисом, гораздо более тяжелым в русском языке, чем в английском («в английском, видимо, требуется не столь сложная электропроводка, как в русском», заметит он в 1959 году), свидетельствует начало сказки, где он разрубает большие периоды Кэрролла на более короткие русские фразы и таким образом избегает тяжести, которая неизбежно возникла бы из-за длины русских слов и сложного синтаксиса. Можно было бы писать и о том, как уже здесь он проявляет склонность к прямым калькам с английского — это станет осознанным художественным приемом позднее. И снова то, что впоследствии будет декларировано как «vive le pédant» и долой простаков, которые думают, что все хорошо, если передан дух (а слова между тем без присмотра пустились в бега...»)[2], ощущается порой как «неуклюжесть» одаренного юноши, которому еще предстоит — но мы это твердо знаем! — стать мастером.

Конечно, можно было бы и отметить некоторые провалы или просчеты — скажем, между «роялем и слоном» в загадке, которую задает Шляпник, гораздо больше сходства, чем между «вороном и конторкой» (the raven и the desk) у Кэрролла. Или что личные местоимения, как ни странно, представляют некую сложность для молодого переводчика, который заставляет «существ» обращаться к Алисе то на «ты», а то на «вы» (и это одно и то же «существо» и один и тот же разговор, и психологической подоплеки для этого нет никакой), и что он, очевидно, не учитывает, что по английской традиции все сказочные персонажи — существа мужского рода, в то время как

---

[1] Владимир Набоков. Лолита. М.: Известия. С. 358—359.
[2] Владимир Набоков. Рассказы. С. 407.

в русском языке нет такого строгого ограничения (именно этим объясняется тот странный факт, что у Набокова на яйцах сидит не голубка, а голубь). Но не будем вдаваться во все эти подробности [1]. Нам гораздо важнее сейчас отметить другой факт — что работа над «Страной чудес» проявила ту изначально существовавшую потенциальную *соприродность* двух авторов. И дело не только в том, что оба страдали бессонницей, были «педантами», увлекались шахматными задачами и кроссвордами (известно, что Набоков немало времени и сил отдал составлению шахматных задач и «крестословиц», что и нашло свое преломление в его творчестве), задумывались о таких метафизических проблемах, как «время», «пустота» или «ничто», имели вкус к конструированию особых слов и миров. Дело еще и в том, что у обоих была та редкая склонность к всевозможной словесной «игре», которая отличает лишь очень немногих. Возможно, что вчитывание в «Страну чудес» в самом начале творческого пути определило — или, скорее, помогло определить — многие темы зрелого, гениального Набокова. И тема сна — перечитайте подряд конец «Страны чудес» и финал «Приглашения на казнь»! — и тема зеркал или двойничества, и неотвязный вопрос "Who are you?", и многое-многое другое. И за это мы должны быть благодарны тому неизвестному нам сейчас человеку, который предложил молодому русскому эмигранту сделать перевод классической детской книжки, написанной скромным английским математиком.

В переводе «Ани» очень чувствуется глубоко личная, «набоковская» тема. Она звучит и в его заменах: скажем, «сироп» вместо английской «патоки» (treacle) в главе о «Безумном чаепитии» заставляет немедленно вспомнить

---

[1] «Если этот перевод не так совершенен, как мог бы быть, — пишет Карлинский, — то происходит это потому, что в нем есть страницы, уступающие красотой и верностью оригиналу тому, что Набоков сделал в лучших и наиболее удачных пассажах. Не следует, впрочем, забывать, что «Аня в стране чудес» была переведена очень молодым человеком, который работал ради денег и, возможно, торопился сдать ее к сроку. Со всем тем, с небольшими поправками эта книга могла бы впоследствии стать одним из лучших переводов «Алисы» на другие языки. Даже без этих поправок она, несомненно, является лучшим из русских переводов»... С. 314.

«Другие берега» («За брекфастом яркий паточный сироп, golden syrup, наматывался блестящими кольцами на ложку, а оттуда сползал змеей на деревенским маслом намазанный русский черный хлеб»)[1], а «ангельский» напоминает о том, что в семействе Набоковых слово «английский» произносилось «с классическим ударением (на первом слоге)». И может быть, тот факт, что из всех стихотворений «Страны чудес» Набоков опустил стихотворное посвящение, предваряющее сказку, имеет в этом плане особый смысл.

Alice! A childish story take,
And, with a gentle hand,
Lay it where Childhood's dreams are twined
In Memory's dreams mystic band,
Like pilgrims wither'd wreath of flowers
Pluck'd in a far-off land.

Это посвящение Кэрролла, обращенное в прошлое, Набокову было невозможно перевести, ибо оно напоминало — столь живо и ясно! — об утраченном золотом сне, «сказочном счастливом» детстве и годах, проведенных в России...

Н. Демурова

---

[1] Владимир Набоков. Другие берега. С. 49.

Alice's
Adventures
in Wonderland

All in the golden afternoon
　　Full leisurely we glide;
For both our oars, with little skill,
　　By little arms are plied,
While little hands make vain pretence
　　Our wanderings to guide.

Ah, cruel Three! In such an hour,
　　Beneath such dreamy weather,
To beg a tale of breath too weak
　　To stir the tiniest feather!
Yet what can one poor voice avail
　　Against three tongues together?

Imperious Prima flashes forth
　　Her edict "to begin it":
In gentler tones Secunda hopes
　　"There will be nonsense in it!"
While Tertia interrupts the tale
　　Not *more* than once a minute.

Anon, to sudden silence won,
　　In fancy they pursue
The dream-child moving through a land
　　Of wonders wild and new,
In friendly chat with bird or beast—
　　And half believe it true.

And ever, as the story drained
　　The wells of fancy dry,

And faintly strove that weary one
　To put the subject by,
"The rest next time—" "It *is* next time!"
　The happy voices cry.

Thus grew the tale of Wonderland:
　　Thus slowly, one by one,
Its quaint events were hammered out—
　　And now the tale is done,
And home we steer, a merry crew,
　　Beneath the setting sun.

Alice! A childish story take,
　　And, with a gentle hand,
Lay it where Childhood's dreams are twined
　　In Memory's mystic band,
Like pilgrim's wither'd wreath of flowers
　　Pluck'd in a far-off land.

Christmas-Greetings

[From a Fairy to a Child]

Lady dear, if Fairies may
 For a moment lay aside
Cunning tricks and elfish play,
 'Tis at happy Christmas-tide.

We have heard the children say—
 Gentle children, whom we love—
Long ago, on Christmas-Day,
 Came a message from above.

Still, as Christmas-tide comes round,
 They remember it again—
Echo still the joyful sound
 "Peace on earth, good-will to men!"

Yet the hearts must child-like be
 Where such heavenly guests abide;
Unto children, in their glee,
 All the year is Christmas-tide.

Thus, forgetting tricks and play
 For a moment, Lady dear,
We would wish you, if we may,
 Merry Christmas, glad New Year!

Christmas, 1867.

Chapter I
Down the Rabbit-Hole

Alice was beginning to get very tired of sitting by her sister on the bank and of having nothing to do: once or twice she had peeped into the book her sister was reading, but it had no pictures or conversations in it, "and what is the use of a book," thought Alice, "without pictures or conversations?"

So she was considering, in her own mind (as well as she could, for the hot day made her feel very sleepy and stupid), whether the pleasure of making a daisy-chain would be worth the trouble of getting up and picking the daisies, when suddenly a White Rabbit with pink eyes ran close by her.

There was nothing so *very* remarkable in that; nor did Alice think it so *very* much out of the way to hear the Rabbit say to itself "Oh dear! Oh dear! I shall be too late!" (when she thought it over afterwards it occurred to her that she ought to have wondered at this, but at the time it all seemed quite natural); but, when the Rabbit actually *took a watch out of its waistcoat-pocket,* and looked at it, and then hurried on, Alice started to her feet, for it flashed across her mind that she had never before seen a rabbit with either a waistcoat-pocket, or a watch to take out of it, and burning with curiosity, she ran across the field after it, and was just in time to see it pop down a large rabbit-hole under the hedge.

In another moment down went Alice after it, never once considering how in the world she was to get out again.

The rabbit-hole went straight on like a tunnel for some way, and then dipped suddenly down, so suddenly that Alice had not a moment to think about stopping herself before she found herself falling down what seemed to be a very deep well.

Either the well was very deep, or she fell very slowly, for she had plenty of time as she went down to look about her, and to wonder what was going to happen next. First, she tried to look down and make out what she was coming to, but it was too dark to see anything: then she looked at the sides of the well, and noticed that they were filled with cupboards and book-shelves: here and there she saw maps and pictures hung upon pegs. She took down a jar from one of the shelves as she passed: it was labelled "ORANGE MARMALADE" but to her great disappointment it was empty: she did not like to drop the jar, for fear of killing somebody underneath, so managed to put it into one of the cupboards as she fell past it.

"Well!" thought Alice to herself. "After such a fall as this, I shall think nothing of tumbling down-stairs! How brave they'll all think me at home! Why, I wouldn't say anything about it, even if I fell off the top of the house!" (Which was very likely true.)

Down, down, down. Would the fall *never* come to an end? "I wonder how many miles I've fallen by this time?" she said aloud. "I must be getting somewhere near the centre of the earth. Let me see: that would be four thousand miles down, I think—" (for, you see, Alice had learnt several things of this sort in her lessons in the school-room, and though this was not a *very* good opportunity for showing off her knowledge, as there was no one to listen to her, still it was good practice to say it over) "—yes, that's about the right distance—but then I wonder what Latitude or Longitude I've got to?" (Alice had not the slightest idea what Latitude was, or Longitude either, but she thought they were nice grand words to say.)

Presently she began again. "I wonder if I shall fall right *through* the earth! How funny it'll seem to come out among the people that walk with their heads downwards! The antipathies, I think—" (she was rather glad there *was* no one listening, this time, as it didn't sound at all the right word)"—but I shall have to ask them what the name of the country is, you know. Please, Ma'am, is this New Zealand? Or Australia?" (and she tried to curtsey as she spoke—

fancy, *curtseying* as you're falling through the air! Do you think you could manage it?) "And what an ignorant little girl she'll think me for asking! No, it'll never do to ask: perhaps I shall see it written up somewhere."

Down, down, down. There was nothing else to do, so Alice soon began talking again. "Dinah'll miss me very much to-night, I should think!" (Dinah was the cat.) "I hope they'll remember her saucer of milk at tea-time. Dinah, my dear! I wish you were down here with me! There are no mice in the air, I'm afraid, but you might catch a bat, and that's very like a mouse, you know. But do cats eat bats, I wonder?" And here Alice began to get rather sleepy, and went on saying to herself, in a dreamy sort of way, "Do cats eat bats? Do cats eat bats?" and sometimes "Do bats eat cats?" for, you see, as she couldn't answer either question, it didn't much matter which way she put it. She felt that she was dozing off, and had just begun to dream that she was walking hand in hand with Dinah, and was saying to her, very earnestly, "Now, Dinah, tell me the truth: did you ever eat a bat?" when suddenly, thump! thump! down she came upon a heap of sticks and dry leaves, and the fall was over.

Alice was not a bit hurt, and she jumped up on to her feet in a moment: she looked up, but it was all dark overhead: before her was another long passage, and the White Rabbit was still in sight, hurrying down it. There was not a moment to be lost: away went Alice like the wind, and was just in time to hear it say, as it turned a corner, "Oh my ears and whiskers, how late it's getting!" She was close behind it when she turned the corner, but the Rabbit was no longer to be seen: she found herself in a long, low hall, which was lit up by a row of lamps hanging from the roof.

There were doors all round the hall, but they were all locked; and when Alice had been all the way

down one side and up the other, trying every door, she walked sadly down the middle, wondering how she was ever to get out again.

Suddenly she came upon a little three-legged table, all made of solid glass: there was nothing on it but a tiny golden key, and Alice's first idea was that this might belong to one of the doors of the hall; but, alas! either the locks were too large, or the key was too small, but at any rate it would not open any of them. However, on the second time round, she came upon a low curtain she had not noticed before, and behind it was a little door about fifteen inches high: she tried the little golden key in the lock, and to her great delight it fitted!

Alice opened the door and found that it led into a small passage, not much larger than a rat-hole: she knelt down and looked along the passage into the loveliest garden you ever saw. How she longed to get out of that dark hall, and wander about among those beds of bright flowers and those cool fountains, but she could not even get her head through the doorway; "and even if my head *would* go through," thought poor Alice, "it would be of very little use without my shoulders. Oh, how I wish I could shut up like a telescope! I think I could, if I only knew how to begin." For, you see, so many out-of-the-way things had happened lately, that Alice had begun to think that very few things indeed were really impossible.

There seemed to be no use in waiting by the little door, so she went back to the table, half hoping she might find another key on it, or at any rate a book of rules for shutting people up like telescopes: this time she found a little bottle on it ("which certainly was not here before," said Alice), and tied around the neck of the bottle was a paper label, with the words "DRINK ME" beautifully printed on it in large letters.

It was all very well to say "Drink me", but the wise little Alice was not going to do *that* in a hurry. "No, I'll look first," she said, "and see whether it's marked *'poison'* or not"; for she had read several nice little stories about children who had got burnt, and eaten up by wild beasts, and other unpleasant things, all because they *would* not remember the simple rules their friends had taught them: such as, that a red-hot poker will burn you if you hold it too long; and that, if you cut your finger *very* deeply with a knife, it usually bleeds; and she had never forgotten that, if you drink much from a bottle marked "poison", it is almost certain to disagree with you, sooner on later.

However, this bottle was *not* marked "poison", so Alice ventured to taste it, and, finding it very nice

(it had, in fact, a sort of mixed flavour of cherry-tart, custard, pine apple, roast turkey, toffee, and hot buttered toast), she very soon finished it off.

*   *   *

"What a curious feeling!" said Alice. "I must be shutting up like a telescope!"

And so it was indeed: she was now only ten inches high, and her face brightened up at the thought that she was now the right size for going through the little door into that lovely garden. First, however, she waited for a few minutes to see if she was going to shrink any further: she felt a little nervous about this; "for it might end, you know," said Alice to herself, "in my going out altogether, like a candle. I wonder what I should be like then?" And she tried to fancy what the flame of a candle looks like after the candle is blown out, for she could not remember ever having seen such a thing.

After a while, finding that nothing more happened, she decided on going into the garden at once; but, alas for poor Alice! when she got to the door, she found she had forgotten the little golden key, and when she went back to the table for it, she found she could not possibly reach it: she could see it quite plainly through the glass, and she tried her best to climb up one of the legs of the table, but it was too slippery; and when she had tired herself out with trying, the poor little thing sat down and cried.

"Come, there's no use in crying like that!" said Alice to herself rather sharply. "I advise you to leave off this minute!" She generally gave herself very good advice (though she very seldom followed it), and sometimes she scolded herself so severely as to bring tears into her eyes; and once she remembered trying to box her own ears for having cheated herself in a game of croquet she was playing against herself, for this curious child was very fond of pretending to be two people. "But it's no use now," thought poor Alice, "to pretend to be two people! Why, there's hardly enough of me left to make *one* respectable person!"

Soon her eye fell on a little glass box that was lying under the table: she opened it, and found in it a very small cake, on which the words "EAT ME" were beautifully marked in currants. "Well, I'll eat it," said Alice, "and if it makes me grow larger, I can reach the key; and if it makes me grow smaller, I can creep under the door: so either way I'll get into the garden, and I don't care which happens!"

She ate a little bit, and said anxiously to herself "Which way? Which way?", holding her hand on the top of her head to feel which way it was growing; and she was quite surprised to find that she remained the same size. To be sure, this is what generally happens when one eats cake; but Alice had got so much into the way of expecting nothing but out-of-the-way things to happen, that it seemed quite dull and stupid for life to go on in the common way.

So she set to work, and very soon finished off the cake.

*   *   *

Chapter II

The Pool of Tears

"Curiouser and curiouser!" cried Alice (she was so much surprised, that for the moment she quite forgot how to speak good English). "Now, I'm opening out like the largest telescope that ever was! Good-bye, feet!" (for when she looked down at her feet, they seemed to be almost out of sight, they were getting so far off). "Oh, my poor little feet, I wonder who will put on your shoes and stockings

for you now, dears? I'm sure *I* sha'n't be able! I shall be a great deal too far off to trouble myself about you: you must manage the best way you can — but I must be kind to them," thought Alice, "or perhaps they wo'n't walk the way I want to go! Let me see, I'll give them a new pair of boots every Christmas."

And she went on planning to herself how she would manage it. "They must go by the carrier," she thought; "and how funny it'll seem, sending presents to one's own feet! And how odd the directions will look!

> Alice's Right Foot, Esq.
> Hearthrug,
> near the Fender,
> (with Alice's love).

Oh dear, what nonsense I'm talking!"

Just at this moment her head struck against the roof of the hall: in fact she was now rather more than nine feet high, and she at once took up the little golden key and hurried off to the garden door.

Poor Alice! It was as much as she could do, lying down on one side, to look through into the garden with one eye; but to get through was more hopeless than ever: she sat down and began to cry again.

"You ought to be ashamed of yourself," said Alice, "a great girl like you," (she might well say this), "to go on crying in this way! Stop this moment, I tell you!" But she went on all the same, shedding gallons of tears, until there was a large pool around her, about four inches deep, and reaching half down the hall.

After a time she heard a little pattering of feet in the distance, and she hastily dried her eyes to see what was coming. It was the White Rabbit returning splendidly dressed, with a pair of white kid-gloves in one hand and a large fan in the other: he came trotting along in a great hurry, muttering to himself, as he came, "Oh! The Duchess, the Duchess! Oh! *Wo'n't* she be savage if I've kept her waiting!" Alice felt so desperate that she was ready to ask help of any one: so, when the Rabbit came near her, she began, in a low, timid voice, "If you please, Sir—" The Rabbit started violently, dropped the white kid-gloves and the fan, and scurried away into the darkness as hard as he could go.

Alice took up the fan and gloves and, as the hall was very hot, she kept fanning herself all the time she went on talking. "Dear, dear! How queer everything is to-day! And yesterday things went on just as usual. I wonder if I've changed in the night? Let me think: *was* I the same when I got up this morning? I almost think I can remember feeling a little different. But if I'm not the same, the next question is 'Who in the world am I?' Ah, *that's* the great puzzle!" And she began thinking over all the children she knew that were of the same age as herself, to see if she could have been changed for any of them.

"I'm sure I'm not Ada," she said, "for her hair goes in such long ringlets, and mine doesn't go in ringlets at all; and I'm sure I ca'n't be Mabel, for I know all sorts of things, and she, oh, she knows such a very little! Besides, *she's* she, and *I'm* I, and—oh dear, how puzzling it all is! I'll try if I know all the things I used to know. Let me see: four times five is twelve, and four times six is thirteen, and four times seven is—oh dear! I shall never get to twenty at that rate! However, the Multiplication-Table doesn't signify: let's try Geography.

London is the capital of Paris, and Paris is the capital of Rome, and Rome — no, *that's* all wrong, I'm certain! I must have been changed for Mabel! I'll try and say *'How doth the little —'*," and she crossed her hands on her lap as if she were saying lessons, and began to repeat it, but her voice sounded hoarse and strange, and the words did not come the same as they used to do:

> *"How doth the little crocodile*
> *Improve his shining tail,*
> *And pour the waters of the Nile*
> *On every golden scale!*

> *"How cheerfully he seems to grin,*
> *How neatly spreads his claws,*
> *And welcomes little fishes in,*
> *With gently smiling jaws!*

"I'm sure those are not the right words," said poor Alice, and her eyes filled with tears again as she went on, "I must be Mabel after all, and I shall have to go and live in that poky little house, and have next to no toys to play with, and oh, ever so many lessons to learn! No, I've made up my mind about it: if I'm Mabel, I'll stay down here! It'll be no use their putting their heads down and saying 'Come up again, dear!' I shall only look up and say 'Who am I, then? Tell me that first, and then, if I like being that person, I'll come up: if not, I'll stay down here till I'm somebody else' — but, oh dear!" cried Alice, with a sudden burst of tears, "I do wish they *would* put their heads down! I am so very tired of being all alone here!"

As she said this she looked down at her hands,

and was surprised to see that she had put on one of the Rabbit's little white kid-gloves while she was talking. "How can I have done that?" she thought. "I must be growing small again." She got up and went to the table to measure herself by it, and found

that, as nearly as she could guess, she was now about two feet high, and was going on shrinking rapidly: she soon found out that the cause of this was the fan she was holding, and she dropped it hastily, just in time to save herself from shrinking away altogether.

"That was a narrow escape!" said Alice, a good deal frightened at the sudden change, but very glad to find herself still in existence. "And now for the garden!" And she ran with all speed back to the little door; but, alas! the little door was shut again, and the little golden key was lying on the glass table as before, "and things are worse than ever," thought the poor child, "for I never was so small as this before, never! And I declare it's too bad, that it is!"

As she said these words her foot slipped, and in another moment, splash! she was up to her chin in salt-water. Her first idea was that she had somehow fallen into the sea, "and in that case I can go back by railway," she said to herself. (Alice had been to the seaside once in her life, and had come to the general conclusion that wherever you go to on the English coast, you find a number of bathing-machines in the sea, some children digging in the sand with wooden spades, then a row of lodging-houses, and behind them a railway station.) However, she soon made out that she was in the pool of tears which she had wept when she was nine feet high.

"I wish I hadn't cried so much!" said Alice, as she swam about, trying to find her way out. "I shall be punished for it now, I suppose, by being drowned in my own tears! That *will* be a queer thing, to be sure! However, everything is queer to-day."

Just then she heard something splashing about in the pool a little way off, and she swam nearer to make out what it was: at first she thought it must be a walrus or hippopotamus, but then she remembered how small she was now, and she soon made out that it was only a mouse, that had slipped in like herself.

"Would it be of any use, now," thought Alice, "to speak to this mouse? Everything is so out-of-the-way down here, that I should think very likely it can talk: at any rate, there's no harm in trying." So she began: "O Mouse, do you know the way out of this pool? I am very tired of swimming about here, O Mouse!" (Alice thought this must be the right way of speaking to a mouse: she had never done such a thing before, but she remembered having seen, in her brother's Latin Grammar, "A mouse — of a mouse — to a mouse — a mouse — O mouse!") The mouse looked at her rather inquisitively, and seemed to her to wink with one of its little eyes, but it said nothing.

"Perhaps it doesn't understand English," thought Alice. "I daresay it's a French mouse, come over with William the Conqueror." (For, with all her knowledge of history, Alice had no very clear notion how long ago any thing had happened.) So she began again: "Où est ma chatte?" which was the first sentence in her French lesson-book. The Mouse gave a sudden leap out of the water, and seemed to quiver all over with fright. "Oh, I beg your pardon!" cried Alice hastily, afraid that she had hurt the poor animal's feelings. "I quite forgot you didn't like cats."

"Not like cats!" cried the Mouse in a shrill passionate voice. "Would *you* like cats, if you were me?"

"Well, perhaps not," said Alice in a soothing

tone: "don't be angry about it. And yet I wish I could show you our cat Dinah. I think you'd take a fancy to cats, if you could only see her. She is such a dear quiet thing," Alice went on, half to herself, as she swam lazily about in the pool, "and she sits purring so nicely by the fire, licking her paws and washing her face — and she is such a nice soft thing to nurse — and she's such a capital one for catching mice — oh, I beg your pardon!" cried Alice again, for this time the Mouse was bristling all over, and she felt certain it must be really offended. "We won't talk about her any more if you'd rather not."

"We, indeed!" cried the Mouse, who was trembling down to the end of its tail. "As if *I* would talk on such a subject! Our family always *hated* cats: nasty, low, vulgar things! Don't let me hear the name again!"

"I wo'n't indeed!" said Alice, in a great hurry to change the subject of conversation. "Are you — are you fond — of — of dogs?" The Mouse did not answer, so Alice went on eagerly: "There is such a nice little dog, near our house, I should like to show you! A little bright-eyed terrier, you khow, with, oh, such long curly brown hair! And it'll fetch things when you throw them, and it'll sit up and beg for its dinner, and all sorts of things — I ca'n't remember half of them — and it belongs to a farmer, you know, and he says it's so useful, it's worth a hundred pounds! He says it kills all the rats and — oh dear!" cried Alice in a sorrowful tone. "I'm afraid I've offended it again!" For the Mouse was swimming away from her as hard as it could go, and making quite a commotion in the pool as it went.

So she called softly after it, "Mouse dear! Do

come back again, and we wo'n't talk about cats, or dogs either, if you don't like them!" When the Mouse heard this, it turned round and swam slowly back to her: its face was quite pale (with passion, Alice thought), and it said, in a low trembling voice, "Let us get to the shore, and then I'll tell you my history, and you'll understand why it is I hate cats and dogs."

It was high time to go, for the pool was getting quite crowded with the birds and animals that had fallen into it: there was a Duck and a Dodo, a Lory and an Eaglet, and several other curious creatures. Alice led the way, and the whole party swam to the shore.

Chapter III

A Caucus-Race and a Long Tale

They were indeed a queer-looking party that assembled on the bank — the birds with draggled feathers, the animals with their fur clinging close to them, and all dripping wet, cross, and uncomfortable.

The first question of course was, how to get dry again: they had a consultation about this, and after a few minutes it seemed quite natural to Alice to find herself talking familiarly with them, as if she had known them all her life. Indeed, she had quite a long argument with the Lory, who at last turned sulky, and would only say, "I'm older than you, and must know better." And this Alice would not allow, without knowing how old it was, and as the Lory positively refused to tell its age, there was no more to be said.

At last the Mouse, who seemed to be a person of some authority among them, called out, "Sit down, all of you, and listen to me! *I'll* soon make you dry enough!" They all sat down at once, in a large ring, with the Mouse in the middle. Alice kept her eyes anxiously fixed on it, for she felt sure she would catch a bad cold if she did not get dry very soon.

"Ahem!" said the Mouse with an important air. "Are you all ready? This is the driest thing I know. Silence all round, if you please! 'William the Conqueror, whose cause was favoured by the pope, was soon submitted to by the English, who wanted leaders, and had been of late much accustomed to usurpation and conquest. Edwin and Morcar, the earls of Mercia and Northumbria —'"

"Ugh!" said the Lory, with a shiver.

"I beg your pardon!" said the Mouse, frowning, but very politely. "Did you speak?"

"Not I!" said the Lory, hastily.

"I thought you did," said the Mouse. "I proceed. 'Edwin and Morcar, the earls of Mercia and Northumbria, declared for him; and even Stigand, the patriotic archbishop of Canterbury, found it advisable —'"

"Found *what?*" said the Duck.

"Found *it*," the Mouse replied rather crossly: "of course you know what 'it' means."

"I know what 'it' means well enough, when *I* find a thing," said the Duck: "it's generally a frog, or a worm. The question is, what did the archbishop find?"

The Mouse did not notice this question, but hurriedly went on, "'— found it advisable to go with Edgar Atheling to meet William and offer him the crown. William's conduct at first was moderate. But the insolence of his Normans —' How are you getting on now, my dear?" it continued, turning to Alice as it spoke.

"As wet as ever," said Alice in a melancholy tone: "it doesn't seem to dry me at all."

"In that case," said the Dodo solemnly, rising to its feet, "I move that the meeting adjourn, for the immediate adoption of more energetic remedies —"

"Speak English!" said the Eaglet. "I don't know the meaning of half those long words, and, what's more, I don't believe you do either!" And the Eaglet bent down its head to hide a smile: some of the other birds tittered audibly.

"What I was going to say," said the Dodo in an offended tone, "was, that the best thing to get us dry would be a Caucus-race."

"What *is* a Caucus-race?" said Alice; not that she much wanted to know, but the Dodo had paused as if it thought that *somebody* ought to speak, and no one else seemed inclined to say anything.

"Why," said the Dodo, "the best way to explain it is to do it." (And, as you might like to try the thing yourself some winter-day, I will tell you how the Dodo managed it.)

First it marked out a race-course, in a sort of circle, ("the exact shape doesn't matter," it said,) and then all the party were placed along the course, here and there. There was no "One, two, three, and away!" but they began running when they liked, and left off when they liked, so that it was not easy to know when the race was over. However, when they had been running half an hour or so, and were quite dry again, the Dodo suddenly called out "The race is over!" and they all crowded round it, panting, and asking "But who has won?"

This question the Dodo could not answer without a great deal of thought, and it stood for a long time with one finger pressed upon its forehead (the position in which you usually see Shakespeare, in the pictures of him), while the rest waited in silence. At last the Dodo said, "*Everybody* has won, and *all* must have prizes."

"But who is to give the prizes?" quite a chorus of voices asked.

"Why, *she,* of course," said the Dodo, pointing to Alice with one finger; and the whole party at once crowded round her, calling out, in a confused way, "Prizes! Prizes!"

Alice had no idea what to do, and in despair she put her hand in her pocket, and pulled out a box of comfits (luckily the salt-water had not got into it), and handed them round as prizes. There was exactly one a-piece, all round.

"But she must have a prize herself, you know," said the Mouse.

"Of course," the Dodo replied very gravely. "What else have you got in your pocket?" it went on, turning to Alice.

"Only a thimble," said Alice sadly.

"Hand it over here," said the Dodo.

Then they all crowded round her once more, while the Dodo solemnly presented the thimble, saying "We beg your acceptance of this elegant thimble"; and, when it had finished this short speech, they all cheered.

Alice thought the whole thing very absurd, but they all looked so grave that she did not dare to laugh; and, as she could not think of anything to say, she simply bowed, and took the thimble, looking as solemn as she could.

The next thing was to eat the comfits: this caused some noise and confusion, as the large birds complained that they could not taste theirs, and the small ones choked and had to be patted on the back. However, it was over at last, and they sat down again in a ring, and begged the Mouse to tell them something more.

"You promised to tell me your history, you know," said Alice, "and why it is you hate—C and D," she added in a whisper, half afraid that it would be offended again.

"Mine is a long and a sad tale!" said the Mouse, turning to Alice, and sighing.

"It is a long tail, certainly," said Alice, looking down with wonder at the Mouse's tail; "but why do you call it sad?" And she kept on puzzling about it while the Mouse was speaking, so that her idea of the tale was something like this:

"Fury said to
a mouse, That
he met in the
house, 'Let
us both go
to law: *I*
will prose-
cute *you*.
Come, I'll
take no de-
nial; We
must have
a trial:
For really
this morn-
ing I've
nothing
to do.'
Said the
mouse to
the cur,
'Such a
trial, dear
Sir, With
no jury
or judge,
would
be wast-
ing our
breath.'
'I'll be
judge,
I'll be
jury,'
Said
cun-
ning
old
Fury:
'I'll
try
the
whole
cause,
and
con-
demn
you to
death.'"

"You are not attending!" said the Mouse to Alice, severely. "What are you thinking of?"

"I beg your pardon," said Alice very humbly: "you had got to the fifth bend, I think?"

"I had *not!*" cried the Mouse, sharply and very angrily.

"A knot!" said Alice, always ready to make herself useful, and looking anxiously about her. "Oh, do let me help to undo it!"

"I shall do nothing of the sort," said the Mouse, getting up and walking away. "You insult me by talking such nonsense!"

"I didn't mean it!" pleaded poor Alice. "But you're so easily offended, you know!"

The Mouse only growled in reply.

"Please come back, and finish your story!" Alice called after it. And the others all joined in chorus "Yes, please do!" But the Mouse only shook its head impatiently, and walked a little quicker.

"What a pity it wouldn't stay!" sighed the Lory, as soon as it was quite out of sight. And an old Crab took the opportunity of saying to her daughter "Ah, my dear! Let this be a lesson to you never to lose *your* temper!" "Hold your tongue, Ma!" said the young Crab, a little snappishly. "You're enough to try the patience of an oyster!"

"I wish I had our Dinah here, I know I do!" said Alice aloud, addressing nobody in particular. "*She'd* soon fetch it back!"

"And who is Dinah, if I might venture to ask the question?" said the Lory.

Alice replied eagerly, for she was always ready to talk about her pet: "Dinah's our cat. And she's such a capital one for catching mice, you ca'n't think! And oh, I wish you could see her after the birds! Why, she'll eat a little bird as soon as look at it!"

This speech caused a remarkable sensation among the party. Some of the birds hurried off at once: one old Magpie began wrapping itself up very carefully, remarking "I really must be getting home: the night-air doesn't suit my throat!" And a Canary called out in a trembling voice, to its children, "Come away, my dears! It's high time you were all in bed!" On various pretexts they all moved off, and Alice was soon left alone.

"I wish I hadn't mentioned Dinah!" she said to herself in a melancholy tone. "Nobody seems to like her, down here, and I'm sure she's the best cat in the world! Oh, my dear Dinah! I wonder if I shall ever see you any more!"And here poor Alice began to cry again, for she felt very lonely and low-spirited. In a little while, however, she again heard a little pattering of footsteps in the distance, and she looked up eagerly, half hoping that the Mouse had changed his mind, and was coming back to finish his story.

Chapter IV

The Rabbit Sends in a Little Bill

It was the White Rabbit, trotting slowly back again, and looking anxiously about as it went, as if it had lost something; and she heard it muttering to itself, "The Duchess! The Duchess! Oh my dear paws! Oh my fur and whiskers! She'll get me executed, as sure as ferrets are ferrets! Where *can* I have dropped them, I wonder?" Alice guessed in a moment that it was looking for the fan and the pair of white kid-gloves, and she very good-naturedly began hunting about for them, but they were nowhere to be seen— everything seemed to have changed since her swim in the pool; and the great hall,with the glass table and the little door, had vanished completely.

Very soon the Rabbit noticed Alice, as she went hunting about, and called out to her, in an angry tone, "Why, Mary Ann, what *are* you doing out here? Run home this moment, and fetch me a pair of gloves and a fan! Quick, now!" And Alice was so much frightened that she ran off at once in the direction it pointed to, without trying to explain the mistake that it had made.

"He took me for his housemaid," she said to herself as she ran. "How surprised he'll be when he finds out who I am ! But I'd better take him his fan and gloves — that is, if I can find them." As she said this, she came upon a neat little house, on the door of which was a bright brass plate with the name "W. RABBIT" engraved upon it. She went in without knocking, and hurried upstairs, in great fear lest she should meet the real Mary Ann, and be turned out of the house before she had found the fan and gloves.

"How queer it seems," Alice said to herself, "to be going messages for a rabbit! I suppose Dinah'll be sending me on messages next!" and she began fancying the sort of thing that would happen: " 'Miss Alice! Come here directly, and get ready for your walk!' 'Comming in a minute, nurse! But I've got to watch this mouse-hole till Dinah comes back, and see that the mouse doesn't get out.' Only I don't think," Alice went on, "that they'd let Dinah stop in the house if it began ordering people about like that!"

By this time she had found her way into a tidy little room with a table in the window, and on it (as she had hoped) a fan and two or three pairs of tiny white kid-gloves: she took up the fan and a pair of the gloves, and was just going to leave the room, when her eye fell upon a little bottle that stood near the looking-glass. There was no label this time with the words "DRINK ME", but nevertheless she uncorked it and put it to her lips. "I know *something* interesting is sure to happen," she said to herself, "whenever I eat or drink anything: so I'll just see what this bottle does. I do hope it'll make me grow large again, for really I'm quite tired of being such a tiny little thing!"

It did so indeed, and much sooner than she had expected: before she had drunk half the bottle, she found her head pressing against the ceiling, and had to stoop to save her neck from being broken. She hastily put down the bottle, saying to herself "That's quite enough—I hope I sha'n't grow any more—As it is, I ca'n't get out at the door—I do wish I hadn't drunk quite so much!"

Alas! It was too late to wish that! She went on growing, and growing, and very soon had to kneel down on the floor: in another minute there was not even room for this, and she tried the effect of lying down with one elbow against the door, and the other arm curled round her head. Still she went on growing, and, as a last resource, she put one arm out of the window, and one foot up the chimney, and said to herself "Now I can do no more, whatever happens. What will become of me?"

Luckily for Alice, the little magic bottle had now had its full effect, and she grew no larger: still it was very uncomfortable, and, as there seemed to be no sort of chance of her ever getting out of the room again, no wonder she felt unhappy.

"It was much pleasanter at home," thought poor Alice, "when one wasn't always growing larger and smaller, and being ordered about by mice and rabbits. I almost wish I hadn't gone down that rabbit-hole—and yet—and yet—it's rather curious, you know, this sort of life! I do wonder what *can* have happened to me! When I used to read fairy tales, I fancied that kind of thing never happened, and now here I am in the middle of one! There ought to be a book written about me, that there ought! And when I grow up, I'll write one—but I'm grown up now," she added in a sorrowful tone: "at least there's no room to grow up any more *here*."

"But then," thought Alice, "shall I never get any older than I am now? That'll be a comfort, one way—never to be an old woman—but then—

always to have lessons to learn! Oh, I shouldn't like *that!*"

"Oh, you foolish Alice!" she answered herself. "How can you learn lessons in here? Why, there's hardly room for you, and no room at all for any, and no room at all for any lesson-books!"

And so she went on, taking first one side and then the other, and making quite a conversation of it altogether; but after a few minutes she heard a voice outside, and stopped to listen.

"Mary Ann! Mary Ann!" said the voice. "Fetch me my gloves this moment!" Then came a little pattering of feet on the stairs. Alice knew it was the Rabbit coming to look for her, and she trembled till she shook the house, quite forgetting that she was now about a thousand times as large as the Rabbit, and had no reason to be afraid of it.

Presently the Rabbit came up to the door, and tried to open it; but, as the door opened inwards,

and Alice's elbow was pressed hard against it, that attempt proved a failure. Alice heard it say to itself "Then I'll go round and get it at the window."

"*That* you wo'n't!" thought Alice, and, after waiting till she fancied she heard the Rabbit just under the window, she suddenly spread out her hand, and made a snatch in the air. She did not get hold of anything, but she heard a little shriek and a fall, and a crash of broken glass, from which she concluded that it was just possible it had fallen into a cucumber-frame, or something of the sort.

Next came an angry voice—the Rabbit's—"Pat! Pat! Where are you?" And then a voice she had never heard before, "Sure then I'm here! Digging for apples, yer honour!"

"Digging for apples, indeed!" said the Rabbit angrily. "Here! Come help me out of *this!*" (Sounds of more broken glass.)

"Now tell me, Pat, what's that in the window?"

"Sure, it's an arm, yer honour!" (He pronounced it "arrum".)

"An arm, you goose! Who ever saw one that size? Why, it fills the whole window!"

"Sure, it does, yer honour: but it's an arm for all that."

"Well, it's got no business there, at any rate: go and take it away!"

There was a long silence after this, and Alice could only hear whispers now and then; such as "Sure, I don't like it, yer honour, at all, at all!" "Do as I tell you, you coward!" and at last she spread out her hand again, and made another snatch in the air. This time there were two little shrieks, and more sounds of broken glass. "What a number of cucumber-frames there must be!" thought Alice. "I wonder what they'll do next! As for pulling me out of the window, I only wish they *could!* I'm sure I don't want to stay in here any longer!"

She waited for some time without hearing anything more: at last came a rumbling of little cartwheels, and the sound of a good many voices all talking together: she made out the words: "Where's the other ladder?—Why, I hadn't to bring but one. Bill's got the other—Bill! Fetch it here, lad!—Here, put 'em up at this corner—No, tie 'em together first—they don't reach half high enough yet—Oh, they'll do well enough. Don't be particular—Here, Bill! Catch hold of this rope—Will the roof bear?—Mind that loose slate—Oh, it's coming down! Heads below!" (a loud crash)—"Now, who did that?—It was Bill, I fancy—Who's to go down the chimney?—Nay, *I* sha'n't! *You* do it!—*That* I wo'n't, then!—Bill's got to go down—Here, Bill! The master says you've got to go down the chimney!"

"Oh! So Bill's got to come down the chimney, has he?" said Alice to herself. "Why, they seem to put everything upon Bill! I wouldn't be in Bill's place for a good deal; this fireplace is narrow, to be sure; but I *think* I can kick a little!"

She drew her foot as far down the chimney as she could, and waited till she heard a little animal (she couldn't guess of what sort it was) scratching and scrambling about in the chimney close above her: then, saying to herself "This is Bill," she gave one sharp kick, and waited to see what would happen next.

The first thing she heard was a general chorus of "There goes Bill!" then the Rabbit's voice alone—"Catch him, you by the hedge!" then silence, and then another confusion of voices—"Hold up his head—Brandy now—Don't choke him—How was it, old fellow? What happened to you? Tell us all about it!"

Last came a little feeble, squeaking voice. ("That's Bill," thought Alice.) "Well, I hardly know—No more, thank ye; I'm better now—but I'm a deal too flustered to tell you—all I know is, something comes at me like a Jack-in-the-box, and up I goes like a sky-rocket!"

"So you did, old fellow!" said the others.

"We must burn the house down!" said the Rabbit's voice. And Alice called out, as loud as she could, "If you do, I'll set Dinah at you!"

There was a dead silence instantly, and Alice thought to herself, "I wonder what they *will* do next! If they had any sense, they'd take the roof off." After a minute or two they began moving about again, and Alice heard the Rabbit say "A barrowful will do, to begin with."

"A barrowful of *what?*" thought Alice. But she had not long to doubt, for the next moment a shower of little pebbles came rattling in at the window, and some of them hit her in the face. "I'll put a stop to this," she said to herself, and shouted out "You'd better not do that again!" which produced another dead silence.

Alice noticed, with some surprise, that the pebbles were all turning into little cakes as they lay on the floor, and a bright idea came into her head. "If I eat one of these cakes," she thought, "it's sure to make *some* change in my size; and, as it ca'n't possibly make me larger, it must make me smaller, I suppose."

So she swallowed one of the cakes, and was de-

lighted to find that she began shrinking directly. As soon as she was small enough to get through the door, she ran out of the house, and found quite a crowd of little animals and birds waiting outside. The poor little Lizard, Bill, was in the middle, being held up by two guinea-pigs, who were giving it something out of a bottle. They all made a rush at Alice the moment she appeared; but she ran off as hard as she could, and soon found herself safe in a thick wood.

"The first thing I've got to do," said Alice to herself, as she wandered about in the wood, "is to grow to my right size again; and the second thing is to find my way into that lovely garden. I think that will be the best plan."

It sounded an excellent plan, no doubt, and very neatly and simply arranged: the only difficulty was, that she had not the smallest idea how to set about it; and, while she was peering about anxiously among the trees, a little sharp bark just over her head made her look up in a great hurry.

An enormous puppy was looking down at her with large round eyes, and feebly stretching out one paw, trying to touch her. "Poor little thing!" said Alice, in a coaxing tone, and she tried hard to whistle to it; but she was terribly frightened all the time at the thought that it might be hungry, in which case it would be very likely to eat her up in spite of all her coaxing.

Hardly knowing what she did, she picked up a little bit of stick, and held it out to the puppy: whereupon the puppy jumped into the air off all its feet at once, with a yelp of delight, and rushed at the stick, and made believe to worry it: then Alice dodged behind a great thistle, to keep herself from being run over; and, the moment she appeared on the other side, the puppy made another rush at the stick, and tumbled head over heels in its hurry to get hold of it: then Alice, thinking it was very like having a game of play with a cart-horse, and expecting every moment to be trampled under its feet, ran round the thistle again: then the puppy began a series of short charges at the stick, running a very little way forwards each time and a long way back, and barking hoarsely all the while, till at last it sat down a good way off, panting, with its tongue hanging out of its mouth, and its great eyes half shut.

This seemed to Alice a good opportunity for making her escape: so she set off at once, and ran till she was quite tired and out of breath, and till the puppy's bark sounded quite faint in the distance.

"And yet what a dear little puppy it was!" said Alice, as she leant against a buttercup to rest herself, and fanned herself with one of the leaves. "I should have liked teaching it tricks very much, if—if I'd only been the right size to do it! Oh dear! I'd nearly forgotten that I've got to grow up again! Let me see— how is it to be managed? I suppose I ought to eat or drink something or other; but the great question is 'What?'"

The great question certainly was "What?" Alice looked all round her at the flowers and the blades of grass, but she could not see anything that looked like the right thing to eat or drink under the circumstances. There was a large mushroom growing near her, about the same height as herself; and, when she had looked under it, and on both sides of it, and behind it, it occurred to her that she might as well look and see what was on top of it.

She stretched herself up on tiptoe, and peeped over the edge of the mushroom, and her eyes immediately met those of a large blue caterpillar, that was sitting on the top, with its arms folded, quietly smoking a long hookah, and taking not the smallest notice of her or of anything else.

Chapter V

Advice from a Caterpillar

The Caterpillar and Alice looked at each other for some time in silence: at last the Caterpillar took the hookah out of its mouth, and addressed her in a languid, sleepy voice.

"Who are *you?*" said the Caterpillar.

This was not an encouraging opening for a conversation. Alice replied, rather shyly, "I — I hardly know, Sir, just at present — at least I know who I was when I got up this morning, but I think I must

71

have been changed several times since then."

"What do you mean by that?" said the Caterpillar, sternly. "Explain yourself!"

"I ca'n't explain *myself*, I'm afraid, Sir," said Alice, "because I'm not myself, you see."

"I don't see," said the Caterpillar.

"I'm afraid I ca'n't put it more clearly," Alice replied, very politely, "for I ca'n't understand it myself, to begin with; and being so many different sizes in a day is very confusing."

"It isn't," said the Caterpillar.

"Well, perhaps you haven't found it so yet," said Alice; "but when you have to turn into a chrysalis — you will some day, you know — and then after that into a butterfly, I should think you'll feel it a little queer, wo'n't you?"

"Not a bit," said the Caterpillar.

"Well, perhaps *your* feelings may be different," said Alice: "all I know is, it would feel very queer to *me*."

"You!" said the Caterpillar contemptuously. "Who are *you?*"

Which brought them back again to the beginning of the conversation. Alice felt a little irritated at the Caterpillar's making such *very* short remarks, and she drew herself up and said, very gravely, "I think you ought to tell me who *you* are, first."

"Why?" said the Caterpillar.

Here was another puzzling question; and, as Alice could not think of any good reason, and the Caterpillar seemed to be in a *very* unpleasant state of mind, she turned away.

"Come back!" the Caterpillar called after her. "I've something important to say!"

This sounded promising, certainly. Alice turned and came back again.

"Keep your temper," said the Caterpillar.

"Is that all?" said Alice, swallowing down her anger as well as she could.

"No," said the Caterpillar.

Alice thought she might as well wait, as she had nothing else to do, and perhaps after all it might tell her something worth hearing. For some minutes it puffed away without speaking; but at last it unfolded its arms, took the hookah out of its mouth again, and said, "So you think you're changed, do you?"

"I'm afraid I am, Sir," said Alice. "I ca'n't remember things as I used — and I don't keep the same size for ten minutes together!"

"Ca'n't remember *what* things?" said the Caterpillar.

"Well, I've tried to say *'How doth the little busy bee'*, but it all came different!" Alice replied in a very melancholy voice.

"Repeat *'You are old, Father William'*," said the Caterpillar.

Alice folded her hands, and began:

"You are old, Father William," the young man said,
*   "And your hair has become very white;*
And yet you incessantly stand on your head —
*   Do you think, at your age, it is right?"*

"In my youth," Father William replied to his son,
*   "I feared it might injure the brain;*
But, now that I'm perfectly sure I have none,
*   Why, I do it again and again."*

"You are old," said the youth, "as I mentioned before.
    And have grown most uncommonly fat;
Yet you turned a back-somersault in at the door—
    Pray, what is the reason of that?"

"In my youth," said the sage, as he shook his
                        grey locks,
    "I kept all my limbs very supple
By the use of this ointment—one shilling the box—
    Allow me to sell you a couple?"

"You are old," said the youth, "and your jaws are
                        too weak
    For anything tougher than suet;
"Yet you finished the goose, with the bones and
                        the beak—
    Pray, how did you manage to do it?"

"In my youth," said his father, "I took to the law,
    And argued each case with my wife;
And the muscular strength, which it gave to my jaw
    Has lasted the rest of my life."

"You are old," said the youth, "one would hardly
                                             suppose
    That your eye was as steady as ever;
Yet you balanced an eel on the end of your nose—
    What made you so awfully clever?"

"I have answered three questions, and that is enough,"
    Said his father, "Don't give yourself airs!
Do you think I can listen all day to such stuff?
    Be off, or I'll kick you down-stairs!"

"That is not said right," said the Caterpillar.

"Not *quite* right, I'm afraid," said Alice, timidly: "some of the words have got altered."

"It is wrong from beginning to end," said the Caterpillar, decidedly; and there was silence for some minutes.

The Caterpillar was the first to speak.

"What size do you want to be?" it asked.

"Oh, I'm not particular as to size," Alice hastily

replied; "only one doesn't like changing so often, you know."

"I *don't* know," said the Caterpillar.

Alice said nothing: she had never been so much contradicted in all her life before, and she felt that she was losing her temper.

"Are you content now!" said the Caterpillar.

"Well, I should like to be a *little* larger, Sir, if you wouldn't mind," said Alice: "three inches is such a wretched height to be."

"It is a very good height indeed!" said the Caterpillar angrily, rearing itself upright as it spoke (it was exactly three inches high).

"But I'm not used to it!" pleaded poor Alice in a piteous tone. And she thought to herself "I wish the creatures wouldn't be so easily offended!"

"You'll get used to it in time," said the Caterpillar; and it put the hookah into its mouth, and began smoking again.

This time Alice waited patiently until it chose to speak again. In a minute or two the Caterpillar took the hookah out of its mouth, and yawned once or twice, and shook itself. Then it got down off the mushroom, and crawled away into the grass, merely remarking, as it went, "One side will make you grow taller, and the other side will make you grow shorter."

"One side of *what?* The other side of *what?*" thought Alice to herself.

"Of the mushroom," said the Caterpillar, just as if she had asked it aloud; and in another moment it was out of sight.

Alice remained looking thoughtfully at the mushroom for a minute, trying to make out which were the two sides of it; and, as it was perfectly round, she found this a very difficult question. However, at last she stretched her arms round it as far as they would go, and broke off a bit of the edge with each hand.

"And now which is which?" she said to herself, and nibbled a little of the right-hand bit to try the effect. The next moment she felt a violent blow underneath her chin: it had struck her foot!

She was a good deal frightened by this very sudden change, but she felt that there was no time to be lost, as she was shrinking rapidly: so she set to work at once to eat some of the other bit. Her chin was pressed so closely against her foot, that there was hardly room to open her mouth; but she did it at last, and managed to swallow a morsel of the left-hand bit.

*   *   *

"Come, my head's free at last!" said Alice in a tone of delight, which changed into alarm in another moment, when she found that her shoulders were nowhere to be found: all she could see, when she looked down, was an immense length of neck, which seemed to rise like a stalk out of a sea of green leaves that lay far below her.

"What *can* all that green stuff be?" said Alice. "And where *have* my shoulders got to? And oh, my poor hands, how is it I ca'n't see you?" She was moving them about, as she spoke, but no result seemed to follow, except a little shaking among the distant green leaves.

As there seemed to be no chance of getting her hands up to her head, she tried to get her head down to *them*, and was delighted to find that her neck would bend about easily in any direction, like a serpent. She had just succeeded in curving it down into a graceful zigzag, and was going to dive in among the leaves, which she found to be nothing but the tops of the trees under which she had been wandering, when a sharp hiss made her draw back in a hurry: a large pigeon had flown into her face, and was beating her violently with its wings.

"Serpent!" screamed the Pigeon.

"I'm *not* a serpent!" said Alice indignantly. "Let me alone!"

"Serpent, I say again!" repeated the Pigeon, but in a more subdued tone, and added, with a kind of sob, "I've tried every way, but nothing seems to suit them!"

"I haven't the least idea what you're talking about," said Alice.

"I've tried the roots of trees, and I've tried banks, and I've tried hedges," the Pigeon went on, without attending to her; "but those serpents! There's no pleasing them!"

Alice was more and more puzzled, but she thought there was no use in saying anything more till the Pigeon had finished.

"As if it wasn't trouble enough hatching the eggs," said the Pigeon; "but I must be on the look-out for serpents, night and day! Why, I haven't had a wink of sleep these three weeks!"

"I'm very sorry you've been annoyed," said Alice, who was beginning to see its meaning.

"And just as I'd taken the highest tree in the wood," continued the Pigeon, raising its voice to a shriek, "and just as I was thinking I should be free of them at last, they must needs come wriggling down from the sky! Ugh, Serpent!"

"But I'm *not* a serpent, I tell you!" said Alice. "I'm a — I'm a —"

"Well! *What* are you?" said the Pigeon. "I can see you're trying to invent something!"

"I — I'm a little girl," said Alice, rather doubtfully, as she remembered the number of changes she had gone through, that day.

"A likely story indeed!" said the Pigeon, in a tone of the deepest contempt. "I've seen a good many little girls in my time, but never *one* with such a neck as that! No, no! You're a serpent; and there's no use denying it. I suppose you'll be telling me next that you never tasted an egg!"

"I *have* tasted eggs, certainly," said Alice, who was a very truthful child; "but little girls eat eggs quite as much as serpents do, you know."

"I don't believe it," said the Pigeon; "but if they do, then they're a kind of serpent: that's all I can say."

This was such a new idea to Alice, that she was quite silent for a minute or two, which gave the Pigeon the opportunity of adding "You're looking for eggs, I know *that* well enough; and what does it matter to me whether you're a little girl or a serpent?"

"It matters a good deal to *me*," said Alice hastily; "but I'm not looking for eggs, as it happens; and, if I was, I shouldn't want *yours*: I don't like them raw."

"Well, be off, then!" said the Pigeon in a sulky tone, as it settled down again into its nest. Alice crouched down among the trees as well as she could, for her neck kept getting entangled among the branches, and every now and then she had to stop and untwist it. After a while she remembered that she still held the pieces of mushroom in her hands, and she set to work very carefully, nibbling first at one and then at the other, and growing sometimes taller, and sometimes shorter, until she had succeeded in bringing herself down to her usual height.

It was so long since she had been anything near the right size, that it felt quite strange at first; but she got used to it in a few minutes, and began talking to herself, as usual, "Come, there's half my plan done now! How puzzling all these changes are! I'm never sure what I'm going to be, from one minute to another! However, I've got back to my right size: the next thing is, to get into that beautiful garden — how is that to be done, I wonder?" As she said this, she came suddenly upon an open place, with a little house in it about four feet high. "Whoever lives there," thought Alice, "it'll never do to come upon them *this* size: why, I should frighten them out of their wits!" So she began nibbling at the right-hand bit again, and did not venture to go near the house till she had brought herself down to nine inches high.

Chapter VI

Pig and Pepper

For a minute or two she stood looking at the house, and wondering what to do next, when suddenly a footman in livery came running out of the wood — (she considered him to be a footman because he was in livery: otherwise, judging by his face only, she would have called him a fish) — and rapped loudly at the door with his knuckles. It was opened by another footman in livery, with a round face, and large eyes like a frog; and both footmen, Alice noticed, had powdered hair that curled all over their heads. She felt very curious to know what it was all about, and crept a little way out of the wood to listen.

The Fish-Footman began by producing from under his arm a great letter, nearly as large as himself, and this he handed over to the other, saying, in a solemn tone, "For the Duchess. An invitation from the Queen to play croquet." The Frog-Footman repeated, in the same solemn tone, only changing the order of the words a little, "From the Queen. An invitation for the Duchess to play croquet."

Then they both bowed, and their curls got entangled together.

Alice laughed so much at this, that she had to run back into the wood for fear of their hearing her; and, when she next peeped out, the Fish-Footman was gone, and the other was sitting on the ground near the door, staring stupidly up into the sky.

Alice went timidly up to the door, and knocked.

"There's no sort of use in knocking," said the Footman, "and that for two reasons. First, because I'm on the same side of the door as you are: secondly, because they're making such a noise inside, no one could possibly hear you." And certainly there was a most extraordinary noise going on within—a constant howling and sneezing, and every now and then a great crash, as if a dish or kettle had been broken to pieces.

"Please, then," said Alice, "how am I to get in?"

"There might be some sense in your knocking," the Footman went on, without attending to her, "if we had the door between us. For instance, if you were *inside*, you might knock, and I could let you out, you know." He was looking up into the sky all the time he was speaking, and this Alice thought de-

cidedly uncivil. "But perhaps he ca'n't help it," she said to herself; "his eyes are so *very* nearly at the top of his head. But at any rate he might answer questions.— How am I to get in?" she repeated, aloud.

"I shall sit here," the Footman remarked, "till to-morrow—"

At this moment the door of the house opened, and a large plate came skimming out, straight at the Footman's head: it just grazed his nose, and broke to pieces against one of the trees behind him.

"— or next day, maybe," the Footman continued in the same tone, exactly as if nothing had happened.

"How am I to get in?" asked Alice again, in a louder tone.

"*Are* you to get in at all?" said the Footman. "That's the first question, you know."

It was, no doubt: only Alice did not like to be told so. "It's really dreadful," she muttered to herself, "the way all the creatures argue. It's enough to drive one crazy!"

The Footman seemed to think this a good opportunity for repeating his remark, with variations. "I shall sit here," he said, "on and off, for days and days."

"But what am *I* to do?" said Alice.

"Anything you like," said the Footman, and began whistling.

"Oh, there's no use in talking to him," said Alice desperately: "he's perfectly idiotic!" And she opened the door and went in.

The door led right into a large kitchen, which was full of smoke from one end to the other: the Duchess was sitting on a three-legged stool in the middle, nursing a baby: the cook was leaning over the fire, stirring a large cauldron which seemed to be full of soup.

"There's certainly too much pepper in that soup!" Alice said to herself, as well as she could for sneezing.

There was certainly too much of it in the *air*. Even the Duchess sneezed occasionally; and as for the baby, it was sneezing and howling alternately without a moment's pause. The only two creatures in the kitchen, that did not sneeze, were the cook, and a large cat, which was lying on the hearth and grinning from ear to ear.

"Please would you tell me," said Alice, a little

timidly, for she was not quite sure whether it was good manners for her to speak first, "why your cat grins like that?"

"It's a Cheshire-Cat," said the Duchess, "and that's why. Pig!"

She said the last word with such sudden violence that Alice quite jumped; but she saw in another moment that it was addressed to the baby, and not to her, so she took courage, and went on again:

"I didn't know that Cheshire-Cats always grinned; in fact, I didn't know that cats *could* grin."

"They all can," said the Duchess; "and most of 'em do."

"I don't know of any that do," Alice said very politely, feeling quite pleased to have got into a conversation.

"You don't know much," said the Duchess; "and that's a fact."

Alice did not at all like the tone of this remark, and thought it would be as well to introduce some other subject of conversation. While she was trying to fix on one, the cook took the cauldron of soup off the fire, and at once set to work throwing everything within her reach at the Duchess and the baby—the fire-irons came first; then followed a shower of sauce-pans, plates, and dishes. The Duchess took no notice of them even when they hit her; and the baby was howling so much already, that it was quite impossible to say whether the blows hurt it or not.

"Oh, *please* mind what you're doing!" cried Alice, jumping up and down in an agony of terror. "Oh, there goes his *precious* nose!" as an unusually large saucepan flew close by it, and very nearly carried it off.

"If everybody minded their own business," the Duchess said, in a hoarse growl, "the world would go round a deal faster than it does."

"Which would *not* be an advantage," said Alice, who felt very glad to get an opportunity of showing off a little of her knowledge. "Just think what work it would make with the day and night! You see the earth takes twenty-four hours to turn round on its axis—"

"Talking of axes," said the Duchess, "chop off her head!"

Alice glanced rather anxiously at the cook, to see if she meant to take the hint; but the cook was busily stirring the soup, and seemed not to be listening, so she went on again: "Twenty-four hours, I *think*; or is it twelve? I—"

"Oh, don't bother *me!*" said the Duchess. "I never could abide figures!" And with that she began nursing her child again, singing a sort of lullaby to it as she did so, and giving it a violent shake at the end of every line:

> *"Speak roughly to your little boy,*
> *And beat him when he sneezes:*
> *He only does it to annoy,*
> *Because he knows it teases."*

Chorus
(in which the cook and the baby joined):

> *"Wow! wow! wow!"*

While the Duchess sang the second verse of the song, she kept tossing the baby violently up and down, and the poor little thing howled so, that Alice could hardly hear the words:

> *"I speak severely to my boy,*
> *I beat him when he sneezes;*
> *For he can thoroughly enjoy*
> *The pepper when he pleases!"*

Chorus

> *"Wow! wow! wow!"*

"Here! You may nurse it a bit, if you like!" the Duchess said to Alice, flinging the baby at her as she spoke. "I must go and get ready to play croquet with the Queen," and she hurried out of the room. The cook threw a frying-pan after her as she went, but it just missed her.

Alice caught the baby with some difficulty, as it was a queer-shaped little creature, and held out its arms and legs in all directions, "just like a star-fish," thought Alice. The poor little thing was snorting like a steam-engine when she caught it, and kept doubling itself up and straightening itself out again, so that altogether, for the first minute or two, it was as much as she could do to hold it.

As soon as she had made out the proper way of nursing it (which was to twist it up into a sort of knot, and then keep tight hold of its right ear and left foot, so as to prevent its undoing itself), she carried it out into the open air. "If I don't take this child away with me," thought Alice, "they're sure to kill it in a day or two. Wouldn't it be murder to leave it behind?" She said the last words out loud, and the little thing grunted in reply (it had left off sneezing by this time). "Don't grunt," said Alice; "that's not at all a proper way of expressing yourself."

The baby grunted again, and Alice looked very anxiously into its face to see what was the matter with it. There could be no doubt that it had a *very* turn-up nose, much more like a snout than a real nose: also its eyes were getting extremely small for a baby: altogether Alice did not like the look of the thing at all. "But perhaps it was only sobbing," she thought, and looked into its eyes again, to see if there were any tears.

No, there were no tears. "If you're going to turn into a pig, my dear," said Alice, seriously, "I'll have nothing more to do with you. Mind now!" The poor little thing sobbed again (or grunted, it was impossible to say which), and they went on for some while in silence.

Alice was just beginning to think to herself, "Now, what am I to do with this creature, when I get it home?" when it grunted again, so violently, that she looked down into its face in some alarm. This time there could be no mistake about it: it was neither more nor less than a pig, and she felt that it would be quite absurd for her to carry it any further.

So she set the little creature down, and felt quite relieved to see it trot away quietly into the wood. "If it had grown up," she said to herself, "it would have made a dreadfully ugly child: but it makes rather a handsome pig, I think." And she began thinking over other children she knew, who might do very well as pigs, and was just saying to herself "if one only knew the right way to change them—" when she was a little startled by seeing the Cheshire-Cat sitting on a bough of a tree a few yards off.

The Cat only grinned when it saw Alice. It looked good-natured, she thought: still it had *very* long

claws and a great many teeth, so she felt that it ought to be treated with respect.

"Cheshire-Puss," she began, rather timidly, as she did not at all know whether it would like the name: however, it only grinned a little wider. "Come, it's pleased so far," thought Alice, and she went on. "Would you tell me, please, which way I ought to go from here?"

"That depends a good deal on where you want to get to," said the Cat.

"I don't much care where—" said Alice.

"Then it doesn't matter which way you go," said the Cat.

"—so long as I get *somewhere*," Alice added as an explanation.

"Oh, you're sure to do that," said the Cat, "if you only walk long enough."

Alice felt that this could not be denied, so she tried another question. "What sort of people live about here?"

"In *that* direction," the Cat said, waving its right paw round, "lives a Hatter: and in *that* direction," waving the other paw, "lives a March Hare. Visit either you like: they're both mad."

"But I don't want to go among mad people," Alice remarked.

"Oh, you ca'n't help that," said the Cat: "we're all mad here. I'm mad. You're mad."

"How do you know I'm mad?" said Alice.

"You must be," said the Cat, "or you wouldn't have come here."

Alice didn't think that proved it at all: however, she went on: "And how do you know that you're mad?"

"To begin with," said the Cat, "a dog's not mad. You grant that?"

"I suppose so," said Alice.

"Well, then," the Cat went on, "you see a dog growls when it's angry, and wags its tail when it's pleased. Now I growl when I'm pleased, and wag my tail when I'm angry. Therefore I'm mad."

"*I* call it purring, not growling," said Alice.

"Call it what you like," said the Cat. "Do you play croquet with the Queen to-day?"

"I should like it very much," said Alice, "but I haven't been invited yet."

"You'll see me there," said the Cat, and vanished.

Alice was not much surprised at this, she was getting so well used to queer things happening. While she was still looking at the place where it had been, it suddenly appeared again.

"By-the-by, what became of the baby?" said the Cat. "I'd nearly forgotten to ask."

"It turned into a pig," Alice answered very quietly, just as if the Cat had come back in a natural way.

"I thought it would," said the Cat, and vanished again.

Alice waited a little, half expecting to see it again, but it did not appear, and after a minute or two she walked on in the direction in which the March Hare was said to live. "I've seen hatters before," she said to herself: "the March Hare will be much the most interesting, and perhaps, as this is May, it wo'n't be raving mad — at least not so mad as it was in March." As she said this, she looked up, and there was the Cat again, sitting on a branch of a tree.

"Did you say 'pig', or 'fig'?" said the Cat.

"I said 'pig'," replied Alice; "and I wish you wouldn't keep appearing and vanishing so suddenly: you make one quite giddy!"

"All right," said the Cat; and this time it vanished

quite slowly, beginning with the end of the tail, and ending with the grin, which remained some time after the rest of it had gone.

"Well! I've often seen a cat without a grin," thought Alice; "but a grin without a cat! It's the most curious thing I ever saw in all my life!"

She had not gone much farther before she came in sight of the house of the March Hare: she thought it must be the right house, because the chimneys were shaped like ears and the roof was thatched with fur. It was so large a house, that she did not like to go nearer till she had nibbled some more of the left-hand bit of mushroom, and raised herself to about two feet high: even then she walked up towards it rather timidly, saying to herself "Suppose it should be raving mad after all! I almost wish I'd gone to see the Hatter instead!"

Chapter VII

A Mad Tea-Party

There was a table set out under a tree in front of the house, and the March Hare and the Hatter were having tea at it: a Dormouse was sitting between them, fast asleep, and the other two were using it as a cushion, resting their elbows on it, and talking over its head. "Very uncomfortable for the Dormouse," thought Alice; "only as it's asleep, I suppose it doesn't mind."

The table was a large one, but the three were all crowded together at one corner of it. "No room! No room!" they cried out when they saw Alice coming.

"There's *plenty* of room!" said Alice indignantly, and she sat down in a large arm-chair at one end of the table.

"Have some wine," the March Hare said in an encouraging tone.

Alice looked all round the table, but there was nothing on it but tea. "I don't see any wine," she remarked.

"There isn't any," said the March Hare.

"Then it wasn't very civil of you to offer it," said Alice angrily.

"It wasn't very civil of you to sit down without being invited," said the March Hare.

"I didn't know it was *your* table," said Alice: "it's laid for a great many more than three."

"Your hair wants cutting," said the Hatter. He had been looking at Alice for some time with great curiosity, and this was his first speech.

"You should learn not to make personal remarks," Alice said with some severity: "It's very rude."

The Hatter opened his eyes very wide on hearing this; but all he said was "Why is a raven like a writing-desk?"

"Come, we shall have some fun now!" thought Alice. "I'm glad they've begun asking riddles — I believe I can guess that," she added aloud.

"Do you mean that you think you can find out the answer to it?" said the March Hare.

"Exactly so," said Alice.

"Then you should say what you mean," the March Hare went on.

"I do," Alice hastily replied; "at least — at least I mean what I say — that's the same thing, you know."

"Not the same thing a bit!" said the Hatter. "Why, you might just as well say that 'I see what I eat' is the same thing as 'I eat what I see'!"

"You might just as well say," added the Dormouse, which seemed to be talking in its sleep,

"that 'I breathe when I sleep' is the same thing as 'I sleep when I breathe'!"

"It *is* the same thing with you," said the Hatter, and here the conversation dropped, and the party sat silent for a minute, while Alice thought over all she could remember about ravens and writing-desks, which wasn't much.

The Hatter was the first to break the silence.

"What day of the month is it?" he said, turning to Alice: he had taken his watch out of his pocket, and was looking at it uneasily, shaking it every now and then, and holding it to his ear.

Alice considered a little, and then said, "The fourth."

"Two days wrong!" sighed the Hatter. "I told you butter wouldn't suit the works!" he added, looking angrily at the March Hare.

"It was the *best* butter," the March Hare meekly replied.

"Yes, but some crumbs must have got in as well," the Hatter grumbled: "you shouldn't have put it in with the bread-knife."

The March Hare took the watch and looked at it gloomily: then he dipped it into his cup of tea, and looked at it again: but he could think of nothing better to say than his first remark, "It was the *best* butter, you know."

Alice had been looking over his shoulder with some curiosity. "What a funny watch!" she remarked. "It tells the day of the month, and doesn't tell what o'clock it is!"

"Why should it?" muttered the Hatter. "Does your watch tell you what year it is?"

"Of course not," Alice replied very readily: "but that's because it stays the same year for such a long time together."

"Which is just the case with *mine*," said the Hatter.

Alice felt dreadfully puzzled. The Hatter's remark seemed to her to have no sort of meaning in it, and yet it was certainly English. "I don't quite understand you," she said, as politely as she could.

"The Dormouse is asleep again," said the Hatter, and he poured a little hot tea upon its nose.

The Dormouse shook its head impatiently, and said, without opening its eyes. "Of course, of course: just what I was going to remark myself."

"Have you guessed the riddle yet?" the Hatter said, turning to Alice again.

"No, I give it up," Alice replied. "What's the answer?"

"I haven't the slightest idea," said the Hatter.

"Nor I," said the March Hare.

Alice sighed wearily. "I think you might do something better with the time," she said, "than wasting it in asking riddles that have no answers."

"If you knew Time as well as I do," said the Hatter, "you wouldn't talk about wasting it. It's *him*."

"I don't know what you mean," said Alice.

"Of course you don't!" the Hatter said, tossing his head contemptuously. "I dare say you never even spoke to Time!"

"Perhaps not," Alice cautiously replied; "but I know I have to beat time when I learn music."

"Ah! That accounts for it," said the Hatter. "He wo'n't stand beating. Now, if you only kept on good terms with him, he'd do almost anything you liked with the clock. For instance, suppose it were nine o'clock in the morning, just time to begin lessons: you'd only have to whisper a hint to Time, and round goes the clock in a twinkling! Half-past one, time for dinner!"

("I only wish it was," the March Hare said to itself in a whisper.)

"That would be grand, certainly," said Alice thoughtfully; "but then — I shouldn't be hungry for it, you know."

"Not at first, perhaps," said the Hatter: "but you could keep it to half-past one as long as you liked."

"Is that the way *you* manage?" Alice asked.

The Hatter shook his head mournfully. "Not I!" he replied. "We quarreled last March — just before *he* went mad, you know —" (pointing with his teaspoon at the March Hare,) "—it was at the great concert given by the Queen of Hearts, and I had to sing

> *'Twinkle, twinkle, little bat!*
> *How I wonder what you're at!'*

You know the song, perhaps?"

"I've heard something like it," said Alice.

"It goes on, you know," the Hatter continued, "in this way:

> *'Up above the world you fly.*
> *Like a tea-tray in the sky.*
>   *Twinkle, twinkle—'"*

Here the Dormouse shook itself, and began singing in its sleep *"Twinkle, twinkle, twinkle, twinkle—"* and went on so long that they had to pinch it to make it stop.

"Well, I'd hardly finished the first verse," said the Hatter, "when the Queen bawled out 'He's murdering the time! Off with his head!'"

"How dreadfully savage!" exclaimed Alice.

"And ever since that," the Hatter went on in a mournful tone, "he wo'n't do a thing I ask! It's always six o'clock now."

A bright idea came into Alice's head. "Is that the reason so many tea-things are put out here?" she asked.

"Yes, that's it," said the Hatter with a sigh: "it's always tea-time, and we've no time to wash the things between whiles."

"Then you keep moving round, I suppose?" said Alice.

"Exactly so," said the Hatter: "as the things get used up."

"But what happens when you come to the beginning again?" Alice ventured to ask.

"Suppose we change the subject," the March Hare interrupted, yawning. "I'm getting tired of this. I vote the young lady tells us a story."

"I'm afraid I don't know one," said Alice, rather alarmed at the proposal.

"Then the Dormouse shall!" they both cried. "Wake up, Dormouse!" And they pinched it on both sides at once.

The Dormouse slowly opened its eyes. "I wasn't asleep," it said in a hoarse, feeble voice, "I heard every word you fellows were saying."

"Tell us a story!" said the March Hare.

"Yes, please do!" pleaded Alice.

"And be quick about it," added the Hatter, "or you'll be asleep again before it's done."

"Once upon a time there were three little sisters," the Dormouse began in a great hurry; "and their names were Elsie, Lacie, and Tillie; and they lived at the bottom of a well—"

"What did they live on?" said Alice, who always took a great interest in questions of eating and drinking.

"They lived on treacle," said the Dormouse, after thinking a minute or two.

"They couldn't have done that, you know," Alice gently remarked. "They'd have been ill."

"So they were," said the Dormouse; "*very* ill."

Alice tried a little to fancy to herself what such an extraordinary way of living would be like, but it puzzled her too much: so she went on: "But why did they live at the bottom of a well?"

"Take some more tea," the March Hare said to Alice, very earnestly.

"I've had nothing yet," Alice replied in an offended tone: "so I ca'n't take more."

"You mean you ca'n't take *less*," said the Hatter: "it's very easy to take *more* than nothing."

"Nobody asked *your* opinion," said Alice.

"Who's making personal remarks now?" the Hatter asked triumphantly.

Alice did not quite know what to say to this: so she helped herself to some tea and bread-and-butter, and then turned to the Dormouse, and repeated her question. "Why did they live at the bottom of a well?"

The Dormouse again took a minute or two to think about it, and then said, "It was a treacle-well."

"There's no such thing!" Alice was beginning very angrily, but the Hatter and the March Hare went "Sh! Sh!" and the Dormouse sulkily remarked, "If you ca'n't be civil, you'd better finish the story for yourself."

"No, please go on!" Alice said very humbly. "I wo'n't interrupt you again. I dare say there may be *one*."

"One, indeed!" said the Dormouse indignantly. However, he consented to go on. "And so these three little sisters — they were learning to draw, you know—"

"What did they draw?" said Alice, quite forgetting her promise.

"Treacle," said the Dormouse, without considering at all, this time.

"I want a clean cup," interrupted the Hatter: "let's all move one place on."

He moved on as he spoke, and the Dormouse followed him: the March Hare moved into the Dormouse's place, and Alice rather unwillingly took the place of the March Hare. The Hatter was the only one who got any advantage from the change; and Alice was a good deal worse off than before, as the March Hare had just upset the milk-jug into his plate.

Alice did not wish to offend the Dormouse again, so she began very cautiously: "But I don't understand. Where did they draw the treacle from?"

"You can draw water out of a water-well," said the Hatter; "so I should think you could draw treacle out of a treacle-well — eh, stupid?"

"But they were in the well," Alice said to the Dormouse, not choosing to notice this last remark.

"Of course they were," said the Dormouse: "well in."

This answer so confused poor Alice, that she let the Dormouse go on for some time without interrupting it.

"They were learning to draw," the Dormouse

went on, yawning and rubbing its eyes, for it was getting very sleepy; "and they drew all manner of things — everything that begins with an M —"

"Why with an M?" said Alice.

"Why not?" said the March Hare.

Alice was silent.

The Dormouse had closed its eyes by this time, and was going off into a doze; but, on being pinched by the Hatter, it woke up again with a little shriek, and went on: " — that begins with an M, such as mouse-traps, and the moon, and memory, and muchness — you know you say things are 'much of a muchness' — did you ever see such a thing as a drawing of a muchness!"

"Really, now you ask me," said Alice, very much confused, "I don't think —"

"Then you shouldn't talk," said the Hatter.

This piece of rudeness was more than Alice could bear: she got up in great disgust, and walked off: the Dormouse fell asleep instantly, and neither of the others took the least notice of her going, though she looked back once or twice, half hoping that they would call after her: the last time she saw them, they were trying to put the Dormouse into the teapot.

"At any rate I'll never go *there* again!" said Alice, as she picked her way through the wood. "It's the stupidest tea-party I ever was at in all my life!"

Just as she said this, she noticed that one of the trees had a door leading right into it. "That's very curious!" she thought. "But everything's curious to-day. I think I may as well go in at once." And in she went.

Once more she found herself in the long hall, and close to the little glass table. "Now, I'll manage better this time," she said to herself, and began by taking the little golden key, and unlocking the door that led into the garden. Then she set to work nibbling at the mushroom (she had kept a piece of it in her pocket) till she was about a foot

high: then she walked down the little passage; and *then* — she found herself at last in the beautiful garden, among the bright flower-beds and the cool fountains.

Chapter VIII

The Queen's Croquet Ground

A large rose-tree stood near the entrance of the garden: the roses growing on it were white, but there were three gardeners at it, busily painting them red. Alice thought this a very curious thing, and she went nearer to watch them, and, just as she came up to them, she heard one of them say, "Look out now, Five! Don't go splashing paint over me like that!"

"I couldn't help it," said Five, in a sulky tone. "Seven jogged my elbow."

On which Seven looked up and said, "That's right, Five! Always lay the blame on others!"

"*You'd* better not talk!" said Five. "I heard the Queen say only yesterday you deserved to be beheaded."

"What for?" said the one who had spoken first.

"That's none of your business, Two!" said Seven.

"Yes, it *is* his business!" said Five. "And I'll tell him—it was for bringing the cook tulip-roots instead of onions."

Seven flung down his brush, and had just begun "Well, of all the unjust things—" when his eye chanced to fall upon Alice, as she stood watching them, and he checked himself suddenly: the others looked round also, and all of them bowed low.

"Would you tell me, please," said Alice, a little timidly, "why you are painting those roses?"

Five and Seven said nothing, but looked at Two. Two began, in a low voice, "Why, the fact is, you see, Miss, this here ought to have been a *red* rose-tree, and we put a white one in by mistake; and, if the Queen was to find it out, we should all have our heads cut off, you know. So you see, Miss, we're doing our best, afore she comes, to —" At this moment, Five, who had been anxiously looking across the garden, called out "The Queen! The Queen!" and the three gardeners instantly threw themselves flat upon their faces. There was a sound of many footsteps, and Alice looked round, eager to see the Queen.

First came ten soldiers carrying clubs: these were all shaped like the three gardeners, oblong and flat, with their hands and feet at the corners: next the ten courtiers: these were ornamented all over with diamonds, and walked two and two, as the soldiers did. After these came the royal children: there were ten of them, and the little dears came jumping merrily along, hand in hand, in couples: they were all ornamented with hearts. Next came the guests, mostly Kings and Queens, and among them Alice recognized the White Rabbit: it was talking in a hurried nervous manner, smiling at everything that was said, and went by without noticing her. Then followed the Knave of Hearts, carrying the King's crown on a crimson velvet cushion; and, last of all this grand procession, came THE KING AND THE QUEEN OF HEARTS.

Alice was rather doubtful whether she ought not to lie down on her face like the three gardeners, but she could not remember ever having heard of such a rule at processions; "and besides, what would be the use of a procession," thought she, "if people had all to lie down on their faces, so that they couldn't see it?" So she stood where she was, and waited.

When the procession came opposite to Alice, they all stopped and looked at her, and the Queen said, severely, "Who is this?" She said it to the Knave of Hearts, who only bowed and smiled in reply.

"Idiot!" said the Queen, tossing her head impatiently; and, turning to Alice, she went on: "What's your name, child?"

"My name is Alice, so please your Majesty," said Alice very politely; but she added, to herself, "Why, they're only a pack of cards, after all. I needn't be afraid of them!"

"And who are *these?*" said the Queen, pointing to the three gardeners who were lying round the rose-tree; for, you see, as they were lying on their faces, and the pattern on their backs was the same as the rest of the pack, she could not tell whether they were gardeners, or soldiers, or courtiers, or three of her own children.

"How should *I* know?" said Alice, surprised at her own courage. "It's no business of *mine*."

The Queen turned crimson with fury, and, after glaring at her for a moment like a wild beast, began screaming "Off with her head! Off with — "

"Nonsense!" said Alice, very loudly and decidedly, and the Queen was silent.

The King laid his hand upon her arm, and timidly said, "Consider, my dear: she is only a child!"

The Queen turned angrily away from him, and said to the Knave, "Turn them over!"

The Knave did so, very carefully, with one foot.

"Get up!" said the Queen in a shrill, loud voice, and the three gardeners instantly jumped up, and began bowing to the King, the Queen, the royal children, and everybody else.

"Leave off that!" screamed the Queen. "You make me giddy." And then, turning to the rose-tree, she went on, "What *have* you been doing here?"

"May it please your Majesty," said Two, in a very

humble tone, going down on one knee as he spoke, "we were trying—"

"*I* see!" said the Queen, who had meanwhile been examining the roses. "Off with their heads!" and the procession moved on, three of the soldiers remaining behind to execute the unfortunate gardeners, who ran to Alice for protection.

"You sha'n't be beheaded!" said Alice, and she put them into a large flower-pot that stood near. The three soldiers wandered about for a minute or two, looking for them, and then quietly marched off after the others.

"Are their heads off?" shouted the Queen.

"Their heads are gone, if it please your Majesty!" the soldiers shouted in reply.

"That's right!" shouted the Queen. "Can you play croquet?"

The soldiers were silent, and looked at Alice, as the question was evidently meant for her.

"Yes!" shouted Alice.

"Come on, then!" roared the Queen, and Alice joined the procession, wondering very much what would happen next.

"It's—it's a very fine day!" said a timid voice at her side. She was walking by the White Rabbit, who was peeping anxiously into her face.

"Very," said Alice. "Where's the Duchess?"

"Hush! Hush!" said the Rabbit in a low hurried tone. He looked anxiously over his shoulder as he spoke, and then raised himself upon tiptoe, put his mouth close to her ear, and whispered, "She's under sentence of execution."

"What for?" said Alice.

"Did you say 'What a pity!'?" the Rabbit asked.

"No, I didn't," said Alice. "I don't think it's at all a pity. I said 'What for?'"

"She boxed the Queen's ears——" the Rabbit began. Alice gave a little scream of laughter.

"Oh, hush!" the Rabbit whispered in a frightened tone. "The Queen will hear you! You see she came rather late, and the Queen said——"

"Get to your places!" shouted the Queen in a voice of thunder, and people began running about in all directions, tumbling up against each other: however, they got settled down in a minute or two, and the game began.

Alice thought she had never seen such a curious croquet ground in her life: it was all ridges and furrows: the croquet balls were live hedgehogs, and the mallets live flamingoes, and the soldiers had to double themselves up and stand on their hands and feet, to make the arches.

The chief difficulty Alice found at first was in managing her flamingo: she succeeded in getting its body tucked away, comfortably enough, under her arm, with its legs hanging down, but generally, just as she had got its neck nicely straightened out, and was going to give the hedgehog a blow with its head, it *would* twist itself round and look up in her face, with such a puzzled expression that she could not help bursting out laughing; and, when she had got its head down, and was going to begin again, it was very provoking to find that the hedgehog had un-rolled itself, and was in the act of crawling away: besides all this, there was generally a ridge or a furrow in the way wherever she wanted to send the hedgehog to, and, as the doubled-up soldiers were always getting up and walking off to other parts of the ground, Alice soon came to the conclusion that it was a very difficult game indeed.

The players all played at once, without waiting for turns, quarreling all the while, and fighting for the hedgehogs; and in a very short time the Queen was in a furious passion, and went stamping about, and shouting "Off with his head!" or "Off with her head!" about once in a minute.

Alice began to feel very uneasy: to be sure, she had not as yet had any dispute with the Queen, but she knew that it might happen any minute, "and then," thought she, "what would become of me? They're dreadfully fond of beheading people here: the great wonder is, that there's any one left alive!"

She was looking about for some way of escape, and wondering whether she could get away without being seen, when she noticed a curious appearance in the air: it puzzled her very much at first, but after watching it a minute or two she made it out to be a grin, and she said to herself, "It's the Cheshire-Cat: now I shall have somebody to talk to."

"How are you getting on?" said the Cat, as soon as there was mouth enough for it to speak with.

Alice waited till the eyes appeared, and then nodded. "It's no use speaking to it," she thought, "till its ears have come, or at least one of them." In another minute the whole head appeared, and then Alice put down her flamingo, and began an account of the game, feeling very glad she had some one to listen to her. The Cat seemed to think that there was enough of it now in sight, and no more of it appeared.

"I don't think they play at all fairly," Alice began, in rather a complaining tone, "and they all quarrel so dreadfully one ca'n't hear oneself speak — and they don't seem to have any rules in particular: at least, if there are, no body attends to them — and you've no idea how confusing it is all the things being alive: for instance, there's the arch I've got to go through next walking about at the other end of the ground — and I should have croqueted the Queen's hedgehog just now, only it ran away when it saw mine coming!"

"How do you like the Queen?" said the Cat in a low voice.

"Not at all," said Alice: "she's so extremely — " Just then she noticed that the Queen was close behind her, listening: so she went on " — likely to win, that it's hardly worth while finishing the game."

The Queen smiled and passed on.

"Who *are* you talking to?" said the King, coming

up to Alice, and looking at the Cat's head with great curiosity.

"It's a friend of mine—a Cheshire-Cat," said Alice: "allow me to introduce it."

"I don't like the look of it at all," said the King: "however, it may kiss my hand, if it likes."

"I'd rather not," the Cat remarked.

"Don't be impertinent," said the King, "and don't look at me like that!" He got behind Alice as he spoke.

"A cat may look at a king," said Alice. "I've read that in some book, but I don't remember where."

"Well, it must be removed," said the King very decidedly: and he called to the Queen, who was passing at the moment, "My dear! I wish you would have this cat removed!"

The Queen had only one way of settling all difficulties, great or small. "Off with his head!" she said without even looking around.

"I'll fetch the executioner myself," said the King eagerly, and he hurried off.

Alice thought she might as well go back and see how the game was going on, as she heard the Queen's voice in the distance, screaming with passion. She had already heard her sentence three of the players to be executed for having missed their turns, and she did not like the look of things at all, as the game was in such confusion that she never knew whether it was her turn or not. So she went off in search of her hedgehog.

The hedgehog was engaged in a fight with another hedgehog, which seemed to Alice an excellent opportunity for croqueting one of them with the other: the only difficulty was, that her flamingo was gone across the other side of the garden, where

Alice could see it trying in a helpless sort of way to fly up into a tree.

By the time she had caught the flamingo and brought it back, the fight was over, and both the hedgehogs were out of sight: "but it doesn't matter much," thought Alice, "as all the arches are gone from this side of the ground." So she tucked it away under her arm, that it might not escape again, and went back to have a little more conversation with her friend.

When she got back to the Cheshire-Cat, she was surprised to find quite a large crowd collected round it: there was a dispute going on between the execu-

tioner, the King, and the Queen, who were all talking at once, while all the rest were quite silent, and
looked very uncomfortable.

The moment Alice appeared, she was appealed to
by all three to settle the question, and they repeated
their arguments to her, though, as they all spoke at
once, she found it very hard to make out exactly
what they said.

The executioner's argument was, that you
couldn't cut off a head unless there was a body to
cut it off from: that he had never had to do such a
thing before, and he wasn't going to begin at *his*
time of life.

The King's argument was that anything that had
a head could be beheaded, and that you weren't to
talk nonsense.

The Queen's argument was that, if something
wasn't done about it in less than no time, she'd have
everybody executed, all round. (It was this last remark that had made the whole party look so grave
and anxious.)

Alice could think of nothing else to say but "It
belongs to the Duchess: you'd better ask *her* about
it."

"She's in prison," the Queen said to the executioner: "fetch her here." And the executioner went
off like an arrow.

The Cat's head began fading away the moment he
was gone, and, by the time he had come back with
the Duchess, it had entirely disappeared: so the
King and the executioner ran wildly up and down,
looking for it, while the rest of the party went back
to the game.

Chapter IX

The Mock Turtle's Story

"You ca'n't think how glad I am to see you again, you dear old thing!" said the Duchess, as she tucked her arm affectionately into Alice's, and they walked off together.

Alice was very glad to find her in such a pleasant temper, and thought to herself that perhaps it was only the pepper that had made her so savage when they met in the kitchen.

"When *I'm* a Duchess," she said to herself (not in a very hopeful tone, though), "I won't have any pepper in my kitchen *at all*. Soup does very well without—Maybe it's always pepper that makes people hot-tempered," she went on, very much pleased at having found out a new kind of rule, "and vinegar that makes them sour—and camomile that makes them bitter—and—and barleysugar and such things that make children sweet-tempered. I only wish people knew *that:* then they wouldn't be so stingy about it, you know—"

She had quite forgotten the Duchess by this time, and was a little startled when she heard her voice close to her ear. "You're thinking about something, my dear, and that makes you forget to talk. I ca'n't tell you just now what the moral of that is, but I shall remember it in a bit."

"Perhaps it hasn't one," Alice ventured to remark.

"Tut, tut, child!" said the Duchess. "Everything's got a moral, if only you can find it." And she squeezed herself up closer to Alice's side as she spoke.

Alice did not much like her keeping so close to her: first because the Duchess was *very* ugly; and secondly, because she was exactly the right height to rest her chin on Alice's shoulder, and it was an uncomfortably sharp chin. However, she did not like to be rude: so she bore it as well as she could.

"The game's going on rather better now," she said, by way of keeping up the conversation a little.

"'Tis so," said the Duchess: "and the moral of that is—'Oh, 'tis love, 'tis love, that makes the world go round!'"

"Somebody said," Alice whispered, "that it's done by everybody minding their own business!"

"Ah well! It means much the same thing," said the Duchess, digging her sharp little chin into

Alice's shoulder as she added, "and the moral of *that* is — 'Take care of the sense and the sounds will take care of themselves.'"

"How fond she is of finding morals in things!" Alice thought to herself.

"I dare say you're wondering why I don't put my arm round your waist," the Duchess said, after a pause: "the reason is, that I'm doubtful about the temper of your flamingo. Shall I try the experiment?"

"He might bite," Alice cautiously replied, not feeling at all anxious to have the experiment tried.

"Very true," said the Duchess: "flamingoes and mustard both bite. And the moral of that is — 'Birds of a feather flock together.'"

"Only mustard isn't a bird," Alice remarked.

"Right, as usual," said the Duchess: "what a clear way you have of putting things!"

"It's a mineral, I *think*," said Alice.

"Of course it is," said the Duchess, who seemed ready to agree to everything that Alice said: "there's a large mustard-mine near here. And the moral of that is — 'The more there is of mine, the less there is of yours.'"

"Oh, I know!" exclaimed Alice, who had not attended to this last remark. "It's a vegetable. It doesn't look like one, but it is."

"I quite agree with you," said the Duchess; "and the moral of that is — 'Be what you would seem to be' — or, if you'd like it put more simply — 'Never imagine yourself not to be otherwise than what it might appear to others that what you were or might have been was not otherwise than what you had been would have appeared to them to be otherwise.'"

"I think I should understand that better," Alice said very politely, "if I had it written down: but I ca'n't quite follow it as you say it."

"That's nothing to what I could say if I chose," the Duchess replied, in a pleased tone.

"Pray don't trouble yourself to say it any longer than that," said Alice.

"Oh, don't talk about trouble!" said the Duchess. "I make you a present of everything I've said as yet."

"A cheap sort of present!" thought Alice. "I'm glad people don't give birthday-presents like that!" But she did not venture to say it out loud.

"Thinking again?" the Duchess asked, with another dig of her sharp little chin.

"I've a right to think," said Alice sharply, for she was beginning to feel a little worried.

"Just about as much right," said the Duchess, "as pigs have to fly; and the m—"

But here, to Alice's great surprise, the Duchess's voice died away, even in the middle of her favourite word "moral", and the arm that was linked into hers began to tremble. Alice looked up, and there stood the Queen in front of them, with her arms folded, frowning like a thunder-storm.

"A fine day, your Majesty!" the Duchess began in a low, weak voice.

"Now, I give you fair warning," shouted the Queen, stamping on the ground as she spoke; "either you or your head must be off, and that in about half no time! Take your choice!"

The Duchess took her choice, and was gone in a moment.

"Let's go on with the game," the Queen said to Alice; and Alice was too much frightened to say a word, but slowly followed her back to the croquet ground.

The other guests had taken advantage of the Queen's absence, and were resting in the shade: however, the moment they saw her, they hurried back to the game, the Queen merely remarking that a moment's delay would cost them their lives.

All the time they were playing the Queen never left off quarreling with the other players and shouting "Off with his head!" or "Off with her head!" Those whom she sentenced were taken into custody by the soldiers, who of course had to leave off being arches to do this, so that, by the end of half an hour or so, there were no arches left, and all the players, except the King, the Queen, and Alice, were in custody and under sentence of execution.

Then the Queen left off, quite out of breath, and said to Alice, "Have you seen the Mock Turtle yet?"

"No," said Alice. "I don't even know what a Mock Turtle is."

"It's the thing Mock Turtle Soup is made from," said the Queen.

"I never saw one, or heard of one," said Alice.

"Come on, then," said the Queen, "and he shall tell you his history."

As they walked off together, Alice heard the King say in a low voice, to the company, generally, "You are all pardoned." "Come, *that's* a good thing!" she said to herself, for she had felt quite unhappy at the number of executions the Queen had ordered.

They very soon came upon a Gryphon, lying fast asleep in the sun. (If you don't know what a Gryphon is, look at the picture.) "Up, lazy thing!" said the Queen, "and take this young lady to see the Mock Turtle, and to hear his history. I must go back and see after some executions I have ordered"; and she walked off, leaving Alice alone with the Gryphon. Alice did not quite like the look of the creature, but on the whole she thought it would be quite as safe to stay with it as to go after that savage Queen: so she waited.

The Gryphon sat up and rubbed its eyes: then it watched the Queen till she was out of sight then it chuckled. "What fun!" said the Gryphon, half to itself, half to Alice.

"What *is* the fun?" said Alice.

"Why, *she*," said the Gryphon. "It's all her fancy that: they never executes nobody, you know. Come on!"

"Everybody says 'come on!' here," thought Alice, as she went slowly after it: "I never was so ordered about before, in all my life, never!"

They had not gone far before they saw the Mock Turtle in the distance, sitting sad and lonely on a little ledge of rock, and, as they came nearer Alice could hear him sighing as if his heart would break. She pitied him deeply. "What is his sorrow?" she asked the Gryphon. And the Gryphon answered, very nearly in the same words as before, "It's all his fancy, that: he hasn't got no sorrow, you know. Come on!"

So they went up to the Mock Turtle, who looked at them with large eyes full of tears, but said nothing.

"This here young lady," said the Gryphon, "she wants for to know your history, she do."

"I'll tell it her," said the Mock Turtle in a deep, hollow tone. "Sit down, both of you, and don't speak a word till I've finished."

So they sat down, and nobody spoke for some

minutes. Alice thought to herself "I don't see how he can *ever* finish, if he doesn't begin." But she waited patiently.

"Once," said the Mock Turtle at last, with a deep sigh, "I was a real Turtle."

These words were followed by a very long silence, broken only by an occasional exclamation of "Hjckrrh!" from the Gryphon, and the constant heavy sobbing of the Mock Turtle. Alice was very nearly getting up and saying, "Thank you, Sir, for your interesting story," but she could not help thinking there *must* be more to come, so she sat still and said nothing.

"When we were little," the Mock Turtle went on at last, more calmly, though still sobbing a little now and then, "we went to school in the sea. The master was an old Turtle — we used to call him Tortoise —"

"Why did you call him Tortoise, if he wasn't one?" Alice asked.

"We called him Tortoise because he taught us," said the Mock Turtle angrily. "Really you are very dull!"

"You ought to be ashamed of yourself for asking such a simple question," added the Gryphon; and then they both sat silent and looked at poor Alice, who felt ready to sink into the earth. At last the Gryphon said to the Mock Turtle "Drive on, old fellow! Don't be all day about it!" and he went on in these words:

"Yes, we went to school in the sea, though you mayn't believe it —"

"I never said I didn't!" interrupted Alice.

"You did," said the Mock Turtle.

"Hold your tongue!" added the Gryphon, before Alice could speak again. The Mock Turtle went on.

"We had the best of educations — in fact, we went to school every day —"

"*I've* been to a day-school, too," said Alice. "You needn't be so proud as all that."

"With extras?" asked the Mock Turtle, a little anxiously.

"Yes," said Alice: "we learned French and music."

"And washing?" said the Mock Turtle.

"Certainly not!" said Alice, indignantly.

"Ah! Then yours wasn't a really good school," said the Mock Turtle in a tone of great relief. "Now, at *ours*, they had, at the end of the bill, 'French, music and washing — extra'."

"You couldn't have wanted it much," said Alice; "living at the bottom of the sea."

"I couldn't afford to learn it," said the Mock Turtle with a sigh. "I only took the regular course."

"What was that?" inquired Alice.

"Reeling and Writhing, of course, to begin with," the Mock Turtle replied; "and then the different branches of Arithmetic — Ambition, Distraction, Uglification, and Derision."

"I never heard of 'Uglification'," Alice ventured to say. "What is it?"

The Gryphon lifted up both its paws in surprise.

"Never heard of uglifying!" it exclaimed. "You know what to beautify is, I suppose?"

"Yes," said Alice doubtfully: "it means — to — make — anything — prettier."

"Well, then," the Gryphon went on, "if you don't

know what to uglify is, you *are* a simpleton."

Alice did not feel encouraged to ask any more questions about it: so she turned to the Mock Turtle, and said, "What else had you to learn?"

"Well, there was Mystery," the Mock Turtle replied, counting off the subjects on his flappers — "Mystery, ancient and modern, with Seaography: then Drawling — the Drawling-master was an old conger-eel, that used to come once a week: he taught us Drawling, Stretching, and Fainting in Coils."

"What was *that* like?" said Alice.

"Well, I ca'n't show it you, myself," the Mock Turtle said, "I'm too stiff. And the Gryphon never learnt it."

"Hadn't time," said the Gryphon: "I went to the Classical master, though. He was an old crab, *he* was."

"I never went to him," the Mock Turtle said with a sigh. "He taught Laughing and Grief, they used to say."

"So he did, so he did," said the Gryphon, sighing in his turn; and both creatures hid their faces in their paws.

"And how many hours a day did you do lessons?" said Alice, in a hurry to change the subject.

"Ten hours the first day," said the Mock Turtle: "nine the next, and so on."

"What a curious plan!" exclaimed Alice.

"That's the reason they're called lessons," the Gryphon remarked: "because they lessen from day to day."

This was quite a new idea to Alice, and she thought it over a little before she made her next remark. "Then the eleventh day must have been a holiday?"

"Of course it was," said the Mock Turtle.

"And how did you manage on the twelfth?" Alice went on eagerly.

"That's enough about lessons," the Gryphon interrupted in a very decided tone. "Tell her something about the games now."

Chapter X

The Lobster-Quadrille

The Mock Turtle sighed deeply, and drew the back of one flapper across his eyes. He looked at Alice and tried to speak, but, for a minute or two, sobs choked his voice. "Same as if he had a bone in his throat," said the Gryphon; and it set to work shaking him and punching him in the back. At last the Mock turtle recovered his voice, and, with tears running down his cheeks, he went on again:

"You may not have lived much under the sea—" ("I haven't," said Alice)— "and perhaps you were never even introduced to a lobster—" (Alice began to say "I once tasted—" but checked herself hastily and said "No, never" ("—so you can have no idea what a delightful thing a Lobster-Quadrille is!"

"No, indeed," said Alice. "What sort of a dance is it?"

"Why," said the Gryphon, "you first form into a line along the sea-shore—"

"Two lines!" cried the Mock Turtle. "Seals,

turtles, salmon, and so on: then, when you've cleared all the jelly-fish out of the way—"

"*That* generally takes some time," interrupted the Gryphon.

"—you advance twice—"

"Each with a lobster as a partner!" cried the Gryphon.

"Of course," the Mock Turtle said: "advance twice, set to partners—"

"—change lobsters, and retire in the same order," continued the Gryphon.

"Then, you know," the Mock Turtle went on, "you throw the—"

"The lobsters!" shouted the Gryphon with a bound into the air.

"—as far out to sea as you can—"

"Swim after them!" screamed the Gryphon.

"Turn a somersault in the sea!" cried the Mock Turtle, capering wildly about.

"Change lobsters again!" yelled the Gryphon at the top of its voice.

"Back to land again, and—that's all the first figure," said the Mock Turtle, suddenly dropping his voice; and the two creatures, who had been jumping about like mad things all this time, sat down again very sadly and quietly and looked at Alice.

"It must be a very pretty dance," said Alice timidly.

"Would you like to see a little of it?" said the Mock Turtle.

"Very much indeed," said Alice.

"Come, let's try the first figure!" said the Mock Turtle to the Gryphon. "We can do it without lobsters, you know. Which shall sing?"

"Oh, *you* sing," said the Gryphon. "I've forgotten the words."

So they began solemnly dancing round and round Alice, every now and then treading on her toes when they passed too close, and waving their fore-paws to

mark the time, when the Mock Turtle sang this, very slowly and sadly:

"Will you walk a little faster?" said a whiting to
                                        a snail,
"There's a porpoise close behind us, and he's
                                treading on my tail.
See how eagerly the lobsters and the turtles all advance!
They are waiting on the shingle—will you come and
                                    join the dance?

Will you, wo'n't you, will you, wo'n't you,
  will you join the dance?
Will you, wo'n't you, will you, wo'n't you,
  wo'n't you join the dance?

"You can really have no notion how delightful it
  will be
"When they take us up and throw us, with the lobsters,
  out to sea!"
But the snail replied, "Too far, too far!" and gave
  a look askance—
Said he thanked the whiting kindly, but he would not
  join the dance.
  Would not, could not, would not, could not, would
    not join the dance.
  Would not, could not, would not, could not, could
    not join the dance.

"What matters it how far we go?" his scaly friend
  replied.
"There is another shore, you know, upon the other
  side.
The further off from England the nearer is to France—
Then turn not pale, beloved snail, but come and join
  the dance.
  Will you, wo'n't you, will you, wo'n't you,
    will you join the dance?
  Will you, wo'n't you, will you, wo'n't you,
    wo'n't you join the dance?"

"Thank you, it's a very interesting dance to watch," said Alice, feeling very glad that it was over at last: "and I do so like that curious song about the whiting!"

"Oh, as to the whiting," said the Mock Turtle, "they—you've seen them, of course?"

"Yes," said Alice, "I've often seen them at dinn —" she checked herself hastily.

"I don't know where Dinn may be," said the Mock Turtle; "but, if you've seen them so often, of course you know what they're like?"

"I believe so," Alice replied thoughtfully. "They have their tails in their mouths — and they're all over crumbs."

"You're wrong about the crumbs," said the Mock Turtle: "crumbs would all wash off in the sea. But they *have* their tails in their mouths; and the reason is—" here the Mock Turtle yawned and shut his eyes. "Tell her about the reason and all that," he said to the Gryphon.

"The reason is," said the Gryphon, "that they *would* go with the lobsters to the dance. So they got thrown out to sea. So they had to fall a long way. So they got their tails fast in their mouths. So they couldn't get them out again. That's all."

"Thank you," said Alice, "it's very interesting. I never knew so much about a whiting before."

"I can tell you more than that, if you like," said the Gryphon. "Do you know why it's called a whiting?"

"I never thought about it," said Alice. "Why?"

"It does the boots and shoes," the Gryphon replied very solemnly.

Alice was thoroughly puzzled. "Does the boots and shoes!" she repeated in a wondering tone.

"Why, what are *your* shoes done with?" said the Gryphon. "I mean, what makes them so shiny?"

Alice looked down at them, and considered a little before she gave her answer. "They're done with blacking, I believe."

"Boots and shoes under the sea," the Gryphon went on in a deep voice, "are done with whiting. Now you know."

"And what are they made of?" Alice asked in a tone of great curiosity.

"Soles and eels, of course," the Gryphon replied, rather impatiently: "any shrimp could have told you that."

"If I'd been the whiting," said Alice, whose thoughts were still running on the song, "I'd have said to the porpoise 'Keep back, please! We don't want *you* with us!'"

"They were obliged to have him with them," the Mock Turtle said. "No wise fish would go anywhere without a porpoise."

"Wouldn't it, really?" said Alice, in a tone of great surprise.

"Of course not," said the Mock Turtle. "Why, if a fish came to *me*, and told me he was going a journey, I should say 'With what porpoise?'"

"Don't you mean 'purpose'?" said Alice.

"I mean what I say," the Mock Turtle replied, in an offended tone. And the Gryphon added, "Come, let's hear some of *your* adventures."

"I could tell you my adventures — beginning from this morning," said Alice a little timidly; "but it's no use going back to yesterday, because I was a different person then."

"Explain all that," said the Mock Turtle.

"No, no! The adventures first," said the Gryphon in an impatient tone: "explanations take such a dreadful time."

So Alice began telling them her adventures from the time when she first saw the White Rabbit. She was a little nervous about it, just at first, the two creatures got so close to her, one on each side, and opened their eyes and mouths so very wide; but she gained courage as she went on. Her listeners were perfectly quiet till she got to the part about her re-

peating *"You are old, Father William,"* to the Cater-pillar, and the words all coming different, and then the Mock Turtle drew a long breath, and said "That's very curious!"

"It's all about as curious as it can be," said the Gryphon.

"It all came different!" the Mock Turtle repeated thoughtfully. "I should like to hear her try and repeat something now. Tell her to begin." He looked at the Gryphon as if he thought it had some kind of authority over Alice.

"Stand up and repeat ''Tis the voice of the sluggard','' said the Gryphon.

"How the creatures order one about, and make one repeat lessons!" thought Alice. "I might just as well be at school at once." However, she got up, and began to repeat it, but her head was so full of the Lobster-Quadrille, that she hardly knew what she was saying; and the words came very queer indeed:

" 'Tis the voice of the Lobster: I heard him declare,
'You have baked me too brown, I must sugar my hair.'
As a duck with his eyelids, so he with his nose
Trims his belt and his buttons, and turns out his toes.
When the sands are all dry, he is gay as a lark,
And will talk in contemptuous tones of the Shark:
But, when the tide rises and sharks are around,
His voice has a timid and tremulous sound."

"That's different from what I used to say when I was a child," said the Gryphon.

"Well, I never heard it before," said the Mock Turtle; "but it sounds uncommon nonsense."

Alice said nothing: she had sat down with her face in her hands, wondering if anything would ever happen in a natural way again.

"I should like to have it explained," said the Mock Turtle.

"She ca'n't explain it," said the Gryphon hastily. "Go on with the next verse."

"But about his toes?" the Mock Turtle persisted. "How *could* he turn them out with his nose, you know?"

"It's the first position in dancing," Alice said; but she was dreadfully puzzled by the whole thing, and longed to change the subject.

"Go on with the next verse," the Gryphon repeated: "it begins *I passed by his garden*."

Alice did not dare to disobey, though she felt sure it would all come wrong, and she went on in a trembling voice:

"I passed by his garden, and marked, with one eye,
How the Owl and the Panther were sharing a pie:
The Panther took pie-crust, and gravy, and meat,
While the Owl had the dish as its share of the treat.
When the pie was all finished, the Owl, as a boon,
Was kindly permitted to pocket the spoon:
While the Panther received knife and fork with a growl,
And concluded the banquet by—"

"What is the use of repeating all that stuff?" the Mock Turtle interrupted, "if you don't explain it as you go on? It's by far the most confusing thing that I ever heard!"

"Yes, I think you'd better leave off," said the Gryphon, and Alice was only too glad to do so.

"Shall we try another figure of the Lobster-Quadrille?" the Gryphon went on. "Or would you like the Mock Turtle to sing you another song?"

"Oh, a song, please, if the Mock Turtle would be so kind," Alice replied, so eagerly that the Gryphon said, in a rather offended tone, "Hm! No accounting for tastes! Sing her *'Turtle Soup'*, will you, old fellow?"

The Mock Turtle sighed deeply, and began in a voice choked with sobs, to sing this:

> *"Beautiful Soup, so rich and green,*
> *Waiting in a hot tureen!*
> *Who for such dainties would not stoop?*
> *Soup of the evening, beautiful Soup!*
> *Soup of the evening, beautiful Soup!*
>   *Beau — ootiful Soo — oop!*
>   *Beau — ootiful Soo — oop!*
> *Soo — oop of the e — e — evening,*
>   *Beautiful, beautiful Soup!*
>
> *"Beautiful Soup! Who cares for fish,*
> *Game, or any other dish?*
> *Who would not give all else for two p*
> *ennyworth only of beautiful Soup?*
> *Pennyworth only of beautiful Soup?*
>   *Beau — ootiful Soo — oop!*
>   *Beau — ootiful Soo — oop!*
> *"Soo — oop of the e — e — evening,*
>   *Beautiful beauti — FUL · SOUP!"*

"Chorus again!" cried the Gryphon, and the Mock Turtle had just begun to repeat it, when a cry of "The trial's beginning!" was heard in the distance.

"Come on!" cried the Gryphon, and, taking Alice by the hand, it hurried off, without waiting for the end of the song.

"What trial is it?" Alice panted as she ran: but the Gryphon only answered "Come on!" and ran the faster, while more and more faintly came, carried on the breeze that followed them, the melancholy words:

> *"So — oop of the e — e — evening,*
>   *Beautiful, beautiful Soup!"*

Chapter XI

Who Stole the Tarts?

The King and Queen of Hearts were seated on their throne when they arrived, with a great crowd assembled about them — all sorts of little birds and beasts, as well as the whole pack of cards: the Knave was standing before them, in chains, with a soldier on each side to guard him; and near the King was the White Rabbit, with a trumpet in one hand, and a scroll of parchment in the other. In the very middle of the court was a table, with a large dish of tarts upon it: they looked so good, that it made Alice quite hungry to look at them — "I wish they'd get the trial done," she thought, "and hand round the refreshments!" But there seemed to be no chance of this; so she began looking at everything about her to pass away the time.

Alice had never been in a court of justice before, but she had read about them in books, and she was quite pleased to find that she knew the name of nearly everything there. "That's the judge," she said to herself, "because of his great wig."

The judge, by the way, was the King; and, as he wore his crown over the wig (look at the frontispiece if you want to see how he did it), he did not look at all comfortable, and it was certainly not becoming.

"And that's the jury-box," thought Alice; "and those twelve creatures," (she was obliged to say "creatures," you see, because some of them were animals, and some were birds,) "I suppose they are the jurors." She said this last word two or three times over to herself, being rather proud of it: for she thought, and rightly too, that very few little girls of her age knew the meaning of it at all. However, "jurymen" would have done just as well.

The twelve jurors were all writing very busily on

slates, "What are they doing?" Alice whispered to the Gryphon. "They ca'n't have anything to put down yet, before the trial's begun."

"They're putting down their names," the Gryphon whispered in reply, "for fear they should forget them before the end of the trial."

"Stupid things!" Alice began in a loud indignant voice; but she stopped herself hastily, for the White Rabbit cried out "Silence in the court!" and the King put on his spectacles and looked anxiously round, to make out who was talking.

Alice could see, as well as if she were looking over their shoulders, that all the jurors were writing down "Stupid things!" on their slates, and she could even make out that one of them didn't know how to spell "stupid", and that he had to ask his neighbour to tell him. "A nice muddle their slates'll be in, before the trial's over!" thought Alice.

One of the jurors had a pencil that squeaked. This, of course, Alice could *not* stand, and she went round the court and get behind him, and very soon found an opportunity of taking it away. She did it so quickly that the poor little juror (it was Bill, the Lizard) could not make out at all what had become of it; so, after hunting all about for it, he was obliged to write with one finger for the rest of the day; and this was of very little use, as it left no mark on the slate.

"Herald, read the accusation!" said the King.

On this the White Rabbit blew three blasts on the trumpet, and then unrolled the parchment-scroll, and read as follows:

> "The Queen of Hearts, she made some tarts,
>   All on a summer day:
> The Knave of Hearts, he stole those tarts
>   And took them quite away!"

"Consider your verdict," the King said to the jury.

"Not yet, not yet!" the Rabbit hastily interrupted. "There's a great deal to come before that!"

"Call the first witness," said the King; and the White Rabbit blew three blasts on the trumpet, and called out, "First witness!"

The first witness was the Hatter. He came in with a teacup in one hand and a piece of bread-and-butter in the other. "I beg pardon, your Majesty," he began, "for bringing these in; but I hadn't quite finished my tea when I was sent for."

"You ought to have finished," said the King. "When did you begin?"

The Hatter looked at the March Hare, who had followed him into the court, arm-in-arm with the Dormouse. "Fourteenth of March, I *think* it was," he said.

"Fifteenth," said the March Hare.

"Sixteenth," said the Dormouse.

"Write that down," the King said to the jury; and the jury eagerly wrote down all three dates on their slates, and then added them up, and reduced the answer to shillings and pence.

"Take off your hat," the King said to the Hatter.

"It isn't mine," said the Hatter.

"Stolen!" the King exclaimed, turning to the jury, who instantly made a memorandum of the fact.

"I keep them to sell," the Hatter added as an explanation. "I've none of my own. I'm a hatter."

Here the Queen put on her spectacles, and began staring hard at the Hatter, who turned pale and fidgeted.

"Give your evidence," said the King; "and don't be nervous, or I'll have you executed on the spot."

This did not seem to encourage the witness at all: he kept shifting from one foot to the other, looking uneasily at the Queen, and in his confusion he bit a large piece out of his teacup instead of the bread-and-butter.

Just at this moment Alice felt a very curious

sensation, which puzzled her a great deal until she made out what it was: she was beginning to grow larger again, and she thought at first she would get up and leave the court; but on second thoughts she decided to remain where she was as long as there was room for her.

"I wish you wouldn't squeeze so," said the Dormouse, who was sitting next to her. "I can hardly breathe."

"I ca'n't help it," said Alice very meekly: "I'm growing."

"You've no right to grow *here*," said the Dormouse.

"Don't talk nonsense," said Alice more boldly: "you know you're growing too."

"Yes, but *I* grow at a reasonable pace," said the Dormouse: "not in that ridiculous fashion." And he got up very sulkily and crossed over to the other side of the court.

All this time the Queen had never left off staring at the Hatter, and, just as the Dormouse crossed the court, she said, to one of the officers of the court, "Bring me the list of the singers in the last concert!" on which the wretched Hatter trembled so, that he shook off both his shoes.

"Give your evidence," the King repeated angrily, "or I'll have you executed, whether you are nervous or not."

"I'm a poor man, your Majesty," the Hatter began, in a trembling voice, "and I hadn't begun my tea — not above a week or so — and what with the bread-and-butter getting so thin — and the twinkling of the tea —"

"The twinkling of *what?*" said the King.

"It *began* with the tea," the Hatter replied.

"Of course twinkling *begins* with a T!" said the King sharply. "Do you take me for a dunce? Go on!"

"I'm a poor man," the Hatter went on, "and most things twinkled after that — only the March Hare said —"

"I didn't!" the March Hare interrupted in a great hurry.

"You did!" said the Hatter.

"I deny it!" said the March Hare.

"He denies it," said the King: "leave out that part."

"Well, at any rate, the Dormouse said—" the Hatter went on, looking anxiously round to see if he would deny it too; but the Dormouse denied nothing, being fast asleep.

"After that," continued the Hatter, "I cut some more bread-and-butter—"

"But what did the Dormouse say?" one of the jury asked.

"That I ca'n't remember," said the Hatter.

"You *must* remember," remarked the King, "or I'll have you executed."

The miserable Hatter dropped his teacup and bread-and-butter, and went down on one knee. "I'm a poor man, your Majesty," he began.

"You're a *very* poor *speaker*," said the King.

Here one of the guinea-pigs cheered, and was immediately suppressed by the officers of the court. (As that is rather a hard word, I will just explain to you how it was done. They had a large canvas bag, which tied up at the mouth with strings: into this they slipped the guinea-pig, head first, and then sat upon it.)

"I'm glad I've seen that done," thought Alice. "I've so often read in the newspapers, at the end of trials, 'There was some attempt at applause, which was immediately suppressed by the officers of the court,' and I never understood what it meant till now."

"If that's all you know about it, you may stand down," continued the King.

"I ca'n't go no lower," said the Hatter: "I'm on the floor, as it is."

"Then you may *sit* down," the King replied.

Here the other guinea-pig cheered, and was suppressed.

"Come, that finishes the guinea-pigs!" thought Alice. "Now we shall get on better."

"I'd rather finish my tea," said the Hatter, with an anxious look at the Queen, who was reading the list of singers.

"You may go," said the King, and the Hatter hurriedly left the court, without even waiting to put his shoes on.

"—and just take his head off outside," the Queen added to one of the officers; but the Hatter was out of sight before the officer could get to the door.

"Call the next witness!" said the King.

The next witness was the Duchess's cook. She carried the pepper-box in her hand, and Alice guessed who it was, even before she got into the court, by the way the people near the door began sneezing all at once.

"Give your evidence," said the King.

"Sha'n't," said the cook.

The King looked anxiously at the White Rabbit, who said, in a low voice, "Your Majesty must cross-examine *this* witness."

"Well, if I must, I must," the King said with a melancholy air, and, after folding his arms and frowning at the cook till his eyes were nearly out of sight, he said, in a deep voice, "What are tarts made of?"

"Pepper, mostly," said the cook.

"Treacle," said a sleepy voice behind her.

"Collar that Dormouse!" the Queen shrieked out. "Behead that Dormouse! Turn that Dormouse out of court! Suppress him! Pinch him! Pinch him! Off with his whiskers!"

For some minutes the whole court was in confusion, getting the Dormouse turned out, and, by the time they had settled down again, the cook had disappeared.

"Never mind!" said the King, with an air of great relief. "Call the next witness." And he added, in an undertone to the Queen, "Really, my dear, *you* must crossexamine the next witness. It quite makes my forehead ache!"

Alice watched the White Rabbit as he fumbled over the list, feeling very curious to see what the next witness would be like, "—for they haven't got much evidence *yet*," she said to herself. Imagine her surprise, when the White Rabbit read out, at the top of his shrill little voice, the name "Alice!"

Chapter XII

Alice's Evidence

"Here!" cried Alice, quite forgetting in the flurry of the moment how large she had grown in the last few minutes, and she jumped up in such a hurry that she tipped over the jury-box with the edge of her skirt, upsetting all the jurymen on to the heads of the crowd below and there they lay sprawling about, reminding her very much of a globe of gold-fish she had accidentally upset the week before.

"Oh, I *beg* your pardon!" she exclaimed in a tone of great dismay, and began picking them up again as quickly as she could, for the accident of the gold-fish kept running in her head, and she had a vague sort of idea that they must be collected at once and put back into the jury-box, or they would die.

"The trial cannot proceed," said the King, in a very grave voice, "until all the jurymen are back in their proper places — *all*," he repeated with great emphasis, looking hard at Alice as he said so.

Alice looked at the jury-box, and saw that, in her haste, she had put the Lizard in head downwards, and the poor little thing was waving its tail about in a melancholy way, being quite unable to move. She soon got it out again, and put it right; "not that it signifies much," she said to herself; "I should think it would be *quite* as much use in the trial one way up as the other."

As soon as the jury had a little recovered from the shock of being upset, and their slates and pencils had been found and handed back to them, they set to

work very diligently to write out a history of the accident, all except the Lizard, who seemed too much overcome to do anything but sit with its mouth open, gazing up into the roof of the court.

"What do you know about this business?" the King said to Alice.

"Nothing," said Alice.

"Nothing *whatever?*" persisted the King.

"Nothing whatever," said Alice.

"That's very important," the King said, turning

to the jury. They were just beginning to write this down on their slates, when the White Rabbit interrupted: "*Un*important, your Majesty means, of course," he said, in a very respectful tone, but frowning and making faces at him as he spoke.

"*Un*important, of course, I meant," the King hastily said, and went on to himself in an undertone, "important — unimportant — unimportant — important —" as if he were trying which word sounded best.

Some of the jury wrote it down "important", and some "unimportant". Alice could see this, as she was near enough to look over their slates; "but it doesn't matter a bit," she thought to herself.

At this moment the King, who had been for some time busily writing in his note-book, called out "Silence!" and read out from his book "Rule Forty-two. *All persons more than a mile high to leave the court.*"

Everybody looked at Alice.

"*I'm* not a mile high," said Alice.

"You are," said the King.

"Nearly two miles high," added the Queen.

"Well, I sha'n't go, at any rate," said Alice; "besides, that's not a regular rule: you invented it just now."

"It's the oldest rule in the book," said the King.

"Then it ought to be Number One," said Alice.

The King turned pale, and shut his note-book hastily. "Consider your verdict," he said to the jury, in a low trembling voice.

"There's more evidence to come yet, please your

Majesty," said the White Rabbit, jumping up in a great hurry: "this paper has just been picked up."

"What's in it?" said the Queen.

"I haven't opened it yet," said the White Rabbit; "but it seems to be a letter, written by the prisoner to — to somebody."

"It must have been that," said the King, "unless it was written to nobody, which isn't usual, you know."

"Who is it directed to?" said one of the jurymen.

"It isn't directed at all," said the White Rabbit: "in fact, there's nothing written on the *outside*." He unfolded the paper as he spoke, and added, "It isn't a letter, after all: it's a set of verses."

"Are they in the prisoner's handwriting?" asked another of the jurymen.

"No, they're not," said the White Rabbit, "and that's the queerest thing about it." (The jury all looked puzzled.)

"He must have imitated somebody else's hand," said the King. (The jury all brightened up again.)

"Please, your Majesty," said the Knave, "I didn't write it, and they ca'n't prove that I did: there's no name signed at the end."

"If you didn't sign it," said the King, "that only makes the matter worse. You *must* have meant some mischief, or else you'd have signed your name like an honest man."

There was a general clapping of hands at this: it was the first really clever thing the King had said that day.

"That *proves* his guilt, of course," said the Queen: "so, off with —"

"It doesn't prove anything of the sort!" said Alice. "Why, you don't even know what they're about!"

"Read them," said the King.

The White Rabbit put on his spectacles. "Where shall I begin, please your Majesty?" he asked.

"Begin at the beginning," the King said, very gravely, "and go on till you come to the end: then stop."

There was dead silence in the court, whilst the White Rabbit read out these verses:

> *"They told me you had been to her,*
> *   And mentioned me to him:*
> *She gave me a good character,*
> *   But said I could not swim.*
>
> *He sent them word I had not gone*
> *   (We know it to be true):*
> *If she should push the matter on,*
> *   What would become of you?*
>
> *I gave her one, they gave him two,*
> *   You gave us three or more;*
> *They all returned from him to you,*
> *   Though they were mine before.*
>
> *If I or she should chance to be*
> *   Involved in this affair,*
> *He trusts to you to set them free,*
> *   Exactly as we were.*
>
> *My notion was that you had been*
> *   (Before she had this fit)*
> *An obstacle that came between*
> *   Him, and ourselves, and it.*

> *Don't let him know she liked them best,*
> *For this must ever be*
> *A secret, kept from all the rest,*
> *Between yourself and me."*

"That's the most important piece of evidence we've heard yet," said the King, rubbing his hands; "so now let the jury——"

"If any one of them can explain it," said Alice, (she had grown so large in the last few minutes that she wasn't a bit afraid of interrupting him), "I'll give him sixpence. *I* don't believe there's an atom of meaning in it."

The jury all wrote down, on their slates, "*She* doesn't believe there's an atom of meaning in it," but none of them attempted to explain the paper.

"If there's no meaning in it," said the King, "that saves a world of trouble, you know, as we needn't try to find any. And yet I don't know," he went on, spreading out the verses on his knee, and looking at them with one eye; "I seem to see some meaning in them, after all. '—*said I could not swim*—' you ca'n't swim, can you?" he added, turning to the Knave.

The Knave shook his head sadly. "Do I look like it?" he said. (Which he certainly did *not,* being made entirely of cardboard.)

"All right, so far," said the King; and he went on muttering over the verses to himself: "'*We know it to be true*'—that's the jury, of course—'*If she should push the matter on*'—that must be the Queen—'*What would become of you?*'—What, indeed!—'*I gave her one, they gave him two*'—why, that must be what he did with the tarts, you know——"

"But it goes on *'they all returned from him to you,'*" said Alice.

"Why, there they are!" said the King triumphantly, pointing to the tarts on the table. "Nothing can be clearer than *that*. Then again—*'before she had this fit'*—you never had *fits*, my dear, I think?" he said to the Queen.

"Never!" said the Queen, furiously, throwing an inkstand at the Lizard as she spoke. (The unfortunate little Bill had left off writing on his slate with one finger, as he found it made no mark; but he now hastily began again, using the ink, that was trickling down his face, as long as it lasted.)

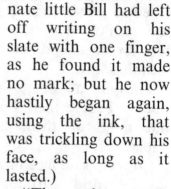

"Then the words don't *fit* you," said the King looking round the court with a smile. There was a dead silence.

"It's a pun!" the King added in an angry tone, and everybody laughed, "Let the jury consider their verdict," the King said, for about the twentieth time that day.

"No, no!" said the Queen. "Sentence first— verdict afterwards."

"Stuff and nonsense!" said Alice loudly. "The idea of having the sentence first!"

"Hold your tongue!" said the Queen, turning purple.

"I wo'nt't!" said Alice.

"Off with her head!" the Queen shouted at the top of her voice. Nobody moved.

"Who cares for *you?*" said Alice (she had grown to her full size by this time). "You're nothing but a pack of cards!"

At this the whole pack rose up into the air, and came flying down upon her; she gave a little scream, half of fright and half of anger, and tried to beat them off, and found herself lying on the bank, with her head in the lap of her sister, who was gently brushing away some dead leaves that had fluttered down from the trees upon her face.

"Wake up, Alice dear!" said her sister. "Why, what a long sleep you've had!"

"Oh, I've had such a curious dream!" said Alice. And she told her sister, as well as she could remember them, all these strange Adventures of hers that you have just been reading about; and, when she had finished, her sister kissed her, and said. "It *was* a curious dream, dear, certainly; but now run in to your tea: it's getting late." So Alice got up and ran off, thinking while she ran, as well she might, what a wonderful dream it had been.

But her sister sat still just as she left her, leaning her head on her hand, watching the setting sun, and thinking of little Alice and all her wonderful Adventures, till she too began dreaming after a fashion, and this was her dream:—

First, she dreamed about little Alice herself: once again the tiny hands were clasped upon her knee, and the bright eager eyes were looking up into hers — she could hear the very tones of her voice, and see that queer little toss of her head to keep back the wandering hair that *would* always get into her eyes — and still as she listened, or seemed to listen, the whole place around her became alive with the strange creatures of her little sister's dream.

The long grass rustled at her feet as the White Rabbit hurried by — the frightened Mouse splashed his way through the neighbouring pool — she could hear the rattle of the teacups as the March Hare and his friends shared their never-ending meal, and the shrill voice of the Queen ordering off her unfortunate guests to execution — once more the pig-baby was sneezing on the Duchess's knee, while plates and dishes crashed around it — once more the shriek of the Gryphon, the squeaking of the Lizard's slate-pencil, and the choking of the suppressed guinea-pigs, filled the air, mixed up with the distant sob of the miserable Mock Turtle.

So she sat on, with closed eyes, and half believed herself in Wonderland, though she knew she had but to open them again, and all would change to dull reality — the grass would be only rustling in the wind, and the pool rippling to the waving of the reeds — the rattling teacups would change to tinkling sheep-bells, and the Queen's shrill cries to the voice of the shepherd-boy — and the sneeze of the baby, the shriek of the Gryphon, and all the other queer noises would change (she knew) to the confused clamour of the busy farm-yard — while the lowing of the cattle in the distance would take the place of the Mock Turtle's heavy sobs.

Lastly, she pictured to herself how this same little sister of hers would, in the after-time, be herself a grown woman; and how she would keep, through all her riper years, the simple and loving heart of her childhood; and how she would gather about her other little children, and make *their* eyes bright and eager with many a strange tale, perhaps even with the dream of Wonderland of long ago; and how she would feel with all their simple sorrows, and find a pleasure in all their simple joys, remembering her own child-life, and the happy summer days.

Аня
в Стране чудес

Глава 1

Нырок в кроличью норку

Ане становилось скучно сидеть без дела рядом с сестрой на травяном скате; раза два она заглянула в книжку, но в ней не было ни разговоров, ни картинок. «Что проку в книжке без картинок и без разговоров?» — подумала Аня.

Она чувствовала себя глупой и сонной — такой был жаркий день. Только что принялась она рассуждать про себя, сто́ит ли встать, чтобы набрать ромашек и свить из них цепь, как вдруг, откуда ни возьмись, пробежал мимо нее Белый Кролик с розовыми глазами.

В этом, конечно, ничего особенно замечательного не было; не удивилась Аня и тогда, когда услыхала, что Кролик бормочет себе под нос: «Боже мой, боже мой, я наверняка опоздаю». (Только потом, вспоминая, она заключила, что говорящий зверек — диковина, но в то время ей почему-то казалось это очень естественным.) Когда же Кролик так-таки и вытащил часы из жилетного кармана и, взглянув на них, поспешил дальше, тогда только у Ани блеснула мысль, что ей никогда не приходилось видеть, чтобы у кролика были часы и карман, куда бы их совать. Она вскочила, сгорая от любопытства, побежала за ним через поле и как раз успела заметить, как юркнул он в большую нору под шиповником.

Аня мгновенно нырнула вслед за ним, не задумываясь над тем, как ей удастся вылезти опять на свет божий.

Нора сперва шла прямо в виде туннеля, а потом внезапно оборвалась вниз — так внезапно, что Аня не успела и ахнуть, как уже стоймя падала куда-то, словно попала в бездонный колодец.

Да, колодец, должно быть, был очень глубок, или же падала она очень медленно: у нее по пути вполне хватало времени осмотреться и подумать о том, что может дальше случиться. Сперва она взглянула вниз, чтобы узнать, что ее ожидает, но глубина была беспросветна; тогда она посмотрела на стены колодца и заметила, что на них множество полок и полочек; тут и там висели на крючках географические карты и картинки. Она падала вниз так плавно, что успела мимоходом достать с одной из полок банку, на которой значилось: «КЛУБНИЧНОЕ ВАРЕНЬЕ». Но, к великому ее сожалению, банка оказалась пустой. Ей не хотелось бросать ее из боязни убить кого-нибудь внизу, и потому она ухитрилась поставить ее в один из открытых шкафчиков, мимо которых она падала.

«Однако,— подумала Аня,— после такого испытанья мне ни чуточки не покажется страшным полететь кувырком с лестницы! Как дома будут дивиться моей храбрости! Что лестница! Если бы я даже с крыши грохнулась, и тогда б я не пикнула! Это уже конечно».

Вниз, вниз, вниз... Вечно ли будет падение?

«Хотела бы я знать, сколько верст сделала я за это время,— сказала она громко.— Должно быть, я уже приближаюсь к центру Земли. Это, значит, будет приблизительно шесть тысяч верст. Да, кажется, так...» (Аня, видите ли, выучила несколько таких вещей в классной комнате, и хотя сейчас не очень кстати было высказывать свое знание, все же такого рода упражнение ей казалось полезным.) «Да, кажется, это верное расстояние, но вопрос в том: на какой широте или долготе я нахожусь?» (Аня не имела ни малейшего представления, что такое долгота и широта, но ей нравился пышный звук этих двух слов.)

Немного погодя она опять принялась думать вслух: «А вдруг я провалюсь сквозь землю. Как забавно будет выйти на той стороне и очутиться среди людей, ходящих вниз головой! Антипатии, кажется». (На этот раз она была рада, что некому слышать ее: последнее слово как-то не совсем верно звучало.)

«Но мне придется спросить у них название их страны. Будьте добры, сударыня, сказать мне, куда я попала: в Австралию или в Новую Зеландию?» (Тут она попробовала присесть — на воздухе-то!) «Ах, за какую дурочку примут меня! Нет, лучше не спрашивать: может быть, я увижу это где-нибудь написанным».

Вниз, вниз, вниз... От нечего делать Аня вскоре опять заговорила: «Сегодня вечером Дина, верно, будет скучать без меня. (Дина была кошка.) Надеюсь, что во время чая не забудут налить ей молока в блюдце. Дина, милая, ах, если бы ты была здесь, со мной! Мышей в воздухе, пожалуй, нет, но зато ты могла бы поймать летучую мышь! Да вот едят ли кошки летучих мышей? Если нет, почему же они по крышам бродят?» Тут Аня стала впадать в дремоту и продолжала повторять сонно и смутно: «Кошки на крыше, летучие мыши...» А потом слова путались, и выходило что-то несуразное: летучие кошки, мыши на крыше... Она чувствовала, что одолел ее сон, но только стало ей сниться, что гуляет она под руку с Диной и очень настойчиво спрашивает у нее: «Скажи мне, Дина, правду: ела ли ты когда-нибудь летучих мышей?» — как вдруг...

Бух! Бух!

Аня оказалась сидящей на куче хвороста и сухих листьев. Падение было окончено. Она ничуть не ушиблась и сразу же вскочила на ноги. Посмотрела вверх — там было все темно. Перед ней же был другой длинный проход, и в глубине еще виднелась спина торопливо семенящего Кролика. Аня, вихрем сорвавшись, кинулась за ним и успела услышать, как он воскликнул на повороте:

— Ох, мои ушки и усики, как поздно становится!

Она была совсем близко от него, но, обогнув угол, потеряла его из виду. Очутилась она в низкой зале, освещенной рядом ламп, висящих на потолке.

Вокруг всей залы были многочисленные двери, но все оказались запертыми! И после того как Аня прошлась вдоль одной стороны и вернулась вдоль другой, пробуя каждую дверь, она

вышла на середину залы, с грустью спрашивая себя, как же ей выбраться наружу.

Внезапно она заметила перед собой столик на трех ножках, весь сделанный из толстого стекла. На нем ничего не было, кроме крошечного золотого ключика, и первой мыслью Ани было, что ключик этот подходит к одной из дверей, только что испробованных ею. Не тут-то было! Замки были слишком велики, ключик не отпирал. Но, обойдя залу во второй раз, она нашла низкую занавеску, которой не заметила раньше, а за этой занавеской оказалась крошечная дверь. Она всунула золотой ключик в замок — он как раз подходил!

Аня отворила дверцу и увидела, что она ведет в узкий проход величиной с крысиную норку. Она встала на колени и, взглянув в глубину прохода, увидела в круглом просвете уголок чудеснейшего сада. Как потянуло ее туда из сумрачной залы, как захотелось ей там побродить между высоких нежных цветов и прохладных светлых фонтанов! Но и головы она не могла просунуть в дверь. «А если б и могла,—подумала бедная Аня,—то все равно без плеч далеко не уйдешь. Ах, как я бы хотела быть в состоянии складываться, как подзорная труба! Если б я только знала, как начать, мне, пожалуй, удалось бы это». Видите ли, случилось столько необычайного за последнее время, что Ане уже казалось, что на свете очень мало действительно невозможных вещей.

Постояла она у дверцы, потопталась да и вернулась к столику, смутно надеясь, что найдет на нем какой-нибудь другой ключ или по крайней мере книжку правил для людей, желающих складываться по примеру подзорной трубы; на этот раз она увидела на нем скляночку (которой раньше, конечно, не было, подумала Аня), и на бумажном ярлычке, привязанном к горлышку, были напечатаны красиво и крупно два слова: «ВЫПЕЙ МЕНЯ».

Очень легко сказать: «Выпей меня», но умная Аня не собиралась действовать опрометчиво.

— Посмотрю сперва,—сказала она,—есть ли на ней пометка «яд».

Она помнила, что читала некоторые милые рассказики о детях, которые пожирались дикими зверями и с которыми случались всякие другие неприятности,—все только потому, что они не слушались дружеских советов и не соблюдали самых простых правил, как, например: если будешь держать слишком долго кочергу за раскаленный докрасна кончик, то обожжешь руку; если слишком глубоко воткнешь в палец нож, то может пойти кровь, и, наконец, если глотнешь из бутылочки, помеченной — «яд», то рано или поздно почувствуешь себя неважно.

Но в данном случае на склянке никакого предостережения не было, и Аня решилась испробовать содержимое. И так как оно весьма ей понравилось (еще бы! Это был какой-то смешанный вкус вишневого торта, сливочного мороженого, ананаса, жареной индейки, тянучек и горячих гренков с маслом), то склянка вскоре оказалась пуста.

*　　*　　*

«Вот странное чувство! — воскликнула Аня.— Должно быть, я захлопываюсь, как телескоп».

Действительно, она теперь была не выше десяти дюймов росту, и вся она просияла при мысли, что при такой величине ей легко можно пройти в дверцу, ведущую в дивный сад. Но сперва нужно было посмотреть, перестала ли она уменьшаться,— этот вопрос очень ее волновал.

«Ведь это может кончиться тем, что я вовсе погасну, как свеча,— сказала Аня.— На что же я тогда буду похожа?»

И она попробовала вообразить себе, как выглядит пламя после того, как задуешь свечу. Никогда раньше она не обращала на это внимания.

Через некоторое время, убедившись в том, что ничего больше с ней не происходит, она решила не медля отправиться в сад. Но, увы! Когда бедная Аня подошла к двери, она спохватилась, что забыла взять золотой ключик, а когда пошла за ним к стеклянному столику, то оказалось, что нет никакой возможности до него дотянуться: она видела его совершенно ясно, снизу, сквозь стекло и попыталась даже вскарабкаться вверх по одной из ножек, но слишком было скользко,— и, уставшая от тщетных попыток, бедняжка свернулась в клубочек и заплакала.

«Будет тебе плакать. Что толку в слезах? —

довольно резко сказала Аня себе самой.— Советую тебе тотчас же перестать».

Советы, которые она себе давала, обычно были весьма добрые, хотя она редко следовала им. Иногда она бранила себя так строго, что слезы выступали на глазах, а раз, помнится, она попробовала выдрать себя за уши за то, что сплутовала, играя сама с собой в крокет. Странный этот ребенок очень любил представлять из себя двух людей. «Но это теперь ни к чему,— подумала бедная Аня.— Ведь от меня осталось так мало! На что я гожусь?..»

Тут взгляд ее упал на какую-то стеклянную коробочку, лежащую под столом; она открыла ее и нашла в ней малюсенький пирожок, на котором изящный узор изюминок образовал два слова: «СЪЕШЬ МЕНЯ!»

«Ну что же, и съем! — сказала Аня.— И если от этого я вырасту, то мне удастся достать ключ; если же я стану еще меньше, то смогу подлезть под дверь. Так или иначе, я буду в состоянии войти в сад. Будь что будет!»

Она съела кусочек и стала спрашивать себя: «В какую сторону, в какую?» — и при этом ладонь прижимала к темени, чтобы почувствовать, по какому направлению будет расти голова; однако, к ее великому удивлению, ничего не случилось: она оставалась все того же роста. Впрочем, так обыкновенно и бывает, когда ешь пирожок, но она так привыкла на каждом шагу ждать одних только чудес, что жизнь уже казалась ей глупой и скучной, когда все шло своим порядком.

Поэтому она принялась за пирожок, и вскоре он был уничтожен.

*   *   *

Глава 2

Продолжение

«Чем дальнее, тем страньше! — воскликнула Аня (она так оторопела, что на мгновение разучилась говорить правильно). — Теперь я растягиваюсь, как длиннейшая подзорная труба, которая когда-либо существовала. Прощайте, ноги!» (Дело в том, что, поглядев вниз, на свои ноги, она увидела, что они все удаляются и удаляются — вот-вот исчезнут.) «Бедные мои ножки, кто же теперь на вас будет натягивать чулки, родные? Уж конечно не я! Слишком велико расстояние между нами, чтобы я могла о вас заботиться; вы уж сами как-нибудь устройтесь. Все же я должна быть с ними ласкова,— добавила про себя Аня,— а то они, может быть, не станут ходить в ту сторону, в какую я хочу! Что бы такое придумать! Ах, вот что: я буду дарить им по паре сапог на Рождество».

И стала она мысленно рассуждать о том, как лучше осуществить этот замысел. «Сапоги придется отправить с курьером,— думала она.— Вот смешно-то посылать подарки своим же ногам! И как дико будет выглядеть адрес:

Госпоже правой ноге Аниной
Город Коврик Паркетная губерния

Однако, какую я чушь говорю!»

Тут голова ее стукнулась о потолок; тогда она схватила золотой ключик и побежала к двери, ведущей в сад.

Бедная Аня! Всего только и могла она, что, лежа на боку, глядеть одним глазом в сад; пройти же было еще труднее, чем раньше. И, опустившись на пол, она снова заплакала.

«Стыдно, стыдно!—вдруг воскликнула Аня.—Такая большая девочка (увы, это было слишком верно)—и плачет! Сейчас же перестань! Слышишь?»

Но она все равно продолжала лить потоки слез, так что вскоре на полу посредине залы образовалось довольно глубокое озеро.

Вдруг она услыхала мягкий стук мелких шажков. И она поскорее вытерла глаза, чтобы разглядеть, кто идет. Это был Белый Кролик, очень

нарядно одетый, с парой белых перчаток в одной руке и с большим веером в другой. Он семенил крайне торопливо и бормотал на ходу:

— Ах, Герцогиня, Герцогиня! Как она будет зла, если я заставлю ее ждать!

Аня находилась в таком отчаянии, что готова была просить помощи у всякого; так что, когда Кролик приблизился, она тихо и робко обратилась к нему:

— Будьте добры...

Кролик сильно вздрогнул, выронил перчатки и веер и улепетнул в темноту с величайшей поспешностью.

Аня подняла и перчатки, и веер и, так как в зале было очень жарко, стала обмахиваться все время, пока говорила:

«Ах ты боже мой! Как сегодня все несуразно!

Вчера все шло по обыкновению. Неужели же за ночь меня подменили? Позвольте: была ли я сама собой, когда утром встала? Мне как будто помнится, что я чувствовала себя чуть-чуть другой. Но если я не та же, тогда... тогда... кто же я наконец? Это просто головоломка какая-то!»

И Аня стала мысленно перебирать всех сверстниц своих, проверяя, не превратилась ли она в одну из них.

«Я наверно знаю, что я не Ада,— рассуждала она.— У Ады волосы кончаются длинными кольчиками, а у меня кольчиков вовсе нет; я убеждена также, что я и не Ася, потому что я знаю всякую всячину, она же — ах, она так мало знает! Кроме того, она — она, а я — я. Боже мой, как это все сложно! Попробую-ка, знаю ли я все те вещи, которые я знала раньше. Ну, так вот: четырежды пять — двенадцать, а четырежды шесть — тринадцать, а четырежды семь — ах, я никогда не доберусь до двадцати! Впрочем, таблица умножения никакого значения не имеет. Попробую-ка географию. Лондон — столица Парижа, а Париж — столица Рима, а Рим... Нет, это все неверно, я чувствую. Пожалуй, я действительно превратилась в Асю! Попробую еще сказать стихотворение какое-нибудь. Как это было? «Не знает ни заботы, ни труда...» Кто не знает?»

Аня подумала, сложила руки на коленях, словно урок отвечала, и стала читать наизусть, но голос ее звучал хрипло и странно, и слова были совсем не те:

Крокодилушка не знает
Ни заботы, ни труда.

Золотит его чешуйки
Быстротечная вода.
Милых рыбок ждет он в гости,
На брюшке средь камышей:
Лапки врозь, дугою хвостик,
И улыбка до ушей...

«Я убеждена, что это не те слова,—сказала бедная Аня, и при этом глаза у нее снова наполнились слезами.—По-видимому, я правда превратилась в Асю, и мне придется жить с ее родителями в их душном домике, почти не иметь игрушек и столько, столько учиться! Нет, уж решено: если я—Ася, то останусь здесь, внизу! Пускай они тогда глядят сверху и говорят: «Вернись к нам, деточка!» Я только подниму голову и спрошу: «А кто я? Сперва скажите мне, кто я. И если мне понравится моя новая особа, я поднимусь к вам. А если не понравится, то буду оставаться здесь, внизу, пока не стану кем-нибудь другим». Ах, господи!—воскликнула Аня, разрыдавшись.—Как я все-таки хотела бы, чтобы они меня позвали! Я так устала быть одной!»

Тут она посмотрела на свои руки и с удивлением заметила, что, разговаривая, надела одну из крошечных белых перчаток, оброненных Кроликом.

«Как же мне удалось это сделать?—подумала она.—Вероятно, я опять стала уменьшаться».

Она подошла к столу, чтобы проверить рост свой по нему. Оказалось, что она уже ниже его и быстро продолжает таять. Тогда ей стало ясно, что причиной этому является веер в ее руке. Она поспешно бросила его. Еще мгновенье — и она бы исчезла совершенно.

«Однако едва-едва спаслась! — воскликнула Аня, очень испуганная внезапной переменой и вместе с тем довольная, что еще существует. — А теперь — в сад!»

И она со всех ног бросилась к двери, но — увы! — дверца опять оказалась закрытой, а золотой ключик лежал на стеклянном столике, как раньше. «Все хуже и хуже! — подумало бедное дитя. — Я никогда еще не была такой маленькой, никогда! Как мне не везет!»

При этих словах она поскользнулась, и в следующее мгновенье — бух! — Аня оказалась по горло в соленой воде. Ее первой мыслью было, что она каким-то образом попала в море. «Ведь в таком случае, — сказала она про себя, — я просто могу вернуться домой поездом». (Аня только раз в жизни побывала на берегу моря и пришла к общему выводу, что, какое бы приморское место ни посетить, все будет то же: вереница купальных будок, несколько детей с деревянными лопатами, строящих крепость из песка, дальше ряд одинаковых домов, где сдаются комнаты приезжающим, а за домами железнодорожная станция.) Впрочем, она скоро догадалась, что находится в луже тех обильных слез, которые она пролила, будучи великаншей.

«Ах, если бы я не так много плакала! — сказала Аня, плавая туда и сюда в надежде найти сушу. — Я теперь буду за это наказана тем, вероятно, что утону в своих же слезах. Вот будет странно! Впрочем, все странно сегодня».

Тут она услыхала где-то вблизи барахтанье и поплыла по направлению плеска, чтобы узнать, в чем дело. Сперва показалось ей, что это тюлень или гиппопотам, но, вспомнив свой маленький рост, она поняла, что это просто мышь, угодившая в ту же лужу, как и она.

«Стоит ли заговорить с мышью? — спросила себя Аня. — Судя по тому, что сегодня случается столько необычайного, я думаю, что, пожалуй, эта мышь говорить умеет. Во всяком случае, можно попробовать». И она обратилась к ней:

— О Мышь, знаете ли вы, как можно выбраться отсюда? Я очень устала плавать взад и вперед, о Мышь! (Ане казалось, что это верный способ обращения, когда говоришь с мышью; никогда не случалось ей делать это прежде, но она вспомнила, что видела в братниной латинской грамматике столбик слов: мышь, мыши, мыши, мышь, о мыши, о мышь!)

Мышь посмотрела на нее с некоторым любопытством и как будто моргнула одним глазком, но ничего не сказала.

«Может быть, она не понимает по-русски, — подумала Аня. — Вероятно, это французская мышь, оставшаяся при отступлении Наполеона». (Аня хоть знала историю хорошо, но не совсем была тверда насчет давности разных происшествий.)

— Où est ma chatte? — заговорила она опять, вспомнив предложение, которым начинался ее учебник французского языка.

Мышь так и выпрыгнула из воды и, казалось, вся задрожала от страха.

— Ах, простите меня, — залепетала Аня, боясь, что обидела бедного зверька. — Я совсем забыла, что вы не любите кошек.

— Не люблю кошек! — завизжала Мышь надрывающимся голосом. — Хотела бы я знать, любили ли бы вы кошек, если б были на моем месте!

— Как вам сказать? Пожалуй, нет, — успокоительным тоном ответила Аня. — Не сердитесь же, о Мышь! А все-таки я желала бы, — продолжала она как бы про себя, лениво плавая по луже, — ах, как я желала бы вас познакомить с нашей Диной: вы научились бы ценить кошек, увидя ее. Она такое милое, спокойное существо. Сидит она, бывало, у меня, мурлыкает, лапки облизывает, умывается... И вся она такая мягкая, так приятно нянчить ее. И она так превосходно ловит мышей... Ах, простите меня! — опять воскликнула Аня, ибо на этот раз Мышь вся ощетинилась, выражая несомненную обиду. — Мы не будем говорить о ней, если вам это неприятно.

— Вот так так — мы не будем!.. — воскликнула Мышь, и дрожь пробежала по ее телу с кончиков усиков до кончика хвоста. — Как будто я первая заговорила об этом! Наша семья всегда ненавидела кошек. Гадкие, подлые, низ-

кие существа! Не упоминайте о них больше!

— Разумеется, не буду,—сказала Аня и поспешила переменить разговор.—А вы любите, ну, например, собак?

Мышь не ответила, и Аня бойко продолжала:

— В соседнем домике такой есть очаровательный песик, так мне хотелось бы вам показать его! Представьте себе: маленький яркоглазый фоксик, в шоколадных крапинках, с розовым брюшком, с острыми ушами! И если кинешь что-нибудь, он непременно принесет. Он служит и лапку подает и много всяких других штук знает—всего не вспомнишь. И принадлежит он, знаете, мельнику, и мельник говорит, что он его за тысячу рублей не отдаст, потому что он так ловко крыс убивает и... ах, господи! Я, кажется, опять вас обидела!

Действительно, Мышь уплывала прочь так порывисто, что от нее во все стороны шла крупная рябь по воде. Аня ласково принялась ее звать:

— Мышь, милая! Вернитесь же, и мы не будем больше говорить ни о кошках, ни о собаках, раз вы не любите их.

Услыхав это, Мышь повернулась и медленно поплыла назад; лицо у нее было бледно («От негодования»,—подумала Аня), а голос тих и трепетен.

— Выйдем на берег,—сказала Мышь,—и тогда я вам расскажу мою повесть. И вы поймете, отчего я так ненавижу кошек и собак.

А выбраться было пора; в луже становилось уже тесно от всяких птиц и зверей, которые в нее попали: тут были и Утка, и Дронт, и Лори, и Орленок, и несколько других диковинных существ. Все они поплыли за Аней к суше.

Глава 3

*Игра в куралесы
и повесть в виде хвоста*

Поистине, странное общество собралось на берегу: у птиц волочились перья, у зверей слипалась шкура — все промокли насквозь, вид имели обиженный и чувствовали себя весьма неуютно. Первым делом, конечно, нужно было найти способ высохнуть. Они устроили совещание по этому вопросу, и через несколько минут Аня заметила — без всякого удивления, — что беседует с ними так свободно, словно знала их всю жизнь. Она даже имела долгий спор с Лори, который под конец надулся и только повторял: «Я старше вас и поэтому знаю лучше», а это Аня не могла допустить, но на вопрос, сколько же ему лет, Лори твердо отказался ответить, и тем разговор был исчерпан.

Наконец Мышь, которая, по-видимому, пользовалась общим почетом, крикнула:

— Садитесь все и слушайте меня. Я вас живо высушу!

Все они тотчас же сели, образуя круг с Мышью посередине, и Аня не спускала с нее глаз, так как чувствовала, что получит сильный насморк, если сейчас не согреется.

Мышь деловито прокашлялась:

— Вот самая сухая вещь, которую я знаю. Прошу внимания! Утверждение в Киеве Владимира Мономаха мимо его старших родичей повело к падению родового единства в среде киевских князей. После смерти Мономаха Киев достался не братьям его, а сыновьям и обратился,

176

таким образом, в семейную собственность Мономаховичей. После старшего сына Мономаха, очень способного князя Мстислава...

— Ух! — тихо произнес Лори, и при этом его всего передёрнуло.

— Простите? — спросила Мышь, нахмурив-

шись, но очень учтиво. — Вы, кажется, изволили что-то сказать?

— Нет, нет, — поспешно забормотал Лори.

— Мне, значит, показалось, — сказала Мышь. — Итак, я продолжаю: очень способного князя Мстислава, в Киеве один за другим княжили его родные братья. Пока они жили дружно, их власть была крепка; когда же их отношения обострились...

— В каком отношении? — перебила Утка.

— В отношении их отношений, — ответила Мышь довольно сердито. — Ведь вы же знаете, что такое «отношение».

— Я-то знаю, — сказала Утка. — Я частенько «отношу» своим детям червячка или лягушонка. Но вопрос в том: что такое отношение князей?

Мышь на вопрос этот не ответила и поспешно продолжала:

— ...обострились, то против них поднялись князья Ольговичи и не раз силою завладевали Киевом. Но Мономаховичи в свою очередь... Как вы себя чувствуете, моя милая? — обратилась она к Ане.

— Насквозь промокшей, — уныло сказала Аня. — Ваши слова на меня, видно, не действуют.

— В таком случае, — изрек Дронт, торжественно привстав, — я предлагаю объявить заседание закрытым, дабы принять более энергические меры.

— Говорите по-русски, — крикнул Орленок. — Я не знаю и половины всех этих длинных слов, а главное, я убежден, что и вы их не понимаете!

И Орленок нагнул голову, скрывая улыбку. Слышно было, как некоторые другие птицы захихикали.

— Я хотел сказать следующее, — проговорил Дронт обиженным голосом. — Лучший способ, чтобы высохнуть, — это игра в куралесы.

— Что такое куралесы? — спросила Аня — не потому, что ей особенно хотелось это узнать, но потому, что Дронт остановился, как будто думая, что кто-нибудь должен заговорить, а между тем слушатели молчали.

— Неужели вы никогда не вертелись на куралесах? — сказал Дронт. — Впрочем, лучше всего показать игру эту на примере.

(И так как вы, читатели, может быть, в зимний день пожелали бы сами в нее сыграть, я расскажу вам, что Дронт устроил.)

Сперва он наметил путь для бега в виде круга («Форма не имеет значенья», — сказал он при этом), а потом участники были расставлены тут и там на круговой черте. Все пускались бежать, когда хотели, и останавливались по своему усмотрению, так что нелегко было знать, когда кончается состязание. Однако после получаса бега, вполне осушившего всех, Дронт вдруг воскликнул:

— Гонки окончены!

И все столпились вокруг него, тяжело дыша и спрашивая:

— Кто же выиграл?

На такой вопрос Дронт не мог ответить, предварительно не подумав хорошенько. Он долго стоял неподвижно, приложив палец ко лбу (как великие писатели на портретах), пока другие безмолвно ждали. Наконец Дронт сказал:

— Все выиграли, и все должны получить призы.

— Но кто будет призы раздавать?—спросил целый хор голосов.

— Она, конечно,—сказал Дронт, тыкнув пальцем на Аню.

И все тесно ее обступили, смутно гудя и выкрикивая:

— Призы, призы!

Аня не знала, как ей быть. Она в отчаянии сунула руку в карман и вытащила коробку конфет, до которых соленая вода, к счастью, не добралась. Конфеты она и раздала в виде призов всем участникам. На долю каждого пришлось как раз по одной штуке.

— Но она и сама, знаете, должна получить награду,—заметила Мышь.

— Конечно,—ответил Дронт очень торжественно.

— Что еще есть у вас в карманах? — продолжал он, обернувшись к Ане.

— Только наперсток, — сказала она с грустью.

— Давайте-ка его сюда! — воскликнул Дронт. Тогда они все опять столпились вокруг нее, и напыщенный Дронт представил ее к награде.

— Мы имеем честь просить вас принять сей изящный наперсток, — сказал он, и по окончании его короткой речи все стали рукоплескать.

Это преподношение казалось Ане ужасной чепухой, но у всех был такой важный, сосредоточенный вид, что она не посмела рассмеяться. И так как она ничего не могла придумать, что сказать, она просто поклонилась и взяла из рук Дронта наперсток, стараясь выглядеть как можно торжественнее.

Теперь надлежало съесть конфеты, что вызвало немало шума и волнения. Крупные птицы жаловались, что не могли разобрать вкуса конфеты, а те, которые были поменьше, давились, и приходилось хлопать их по спине. Наконец все было кончено, и они опять сели в кружок и попросили Мышь рассказать им еще что-нибудь.

— Помните, вы рассказ обещали, — сказала Аня. — Вы хотели объяснить, почему так ненавидите С. и К., — добавила она шепотом, полубоясь, что опять Мышь обидится.

— Мой рассказ прост, печален и длинен, — со вздохом сказала Мышь, обращаясь к Ане.

— Да, он, несомненно, очень длинный, — заметила Аня, которой послышалось не «прост», а «хвост». — Но почему вы его называете печальным?

Она стала ломать себе голову, с недоумением глядя на хвост Мыши, и потому все, что стала та говорить, представлялось ей в таком виде:

В темной комнате,
с мышью оставшись
вдвоем, хитрый пес
объявил: «Мы судиться
пойдем! Я скучаю
сегодня: чем время
занять? Так пойдем
же: я буду тебя
обвинять!»—
«Без присяжных,—
воскликнула мышь,—
без судьи! Кто
же взвесит тогда
оправданья мои?»—
«И судью, и
присяжных
я сам заменю,—
хитрый пес
объявил.—
И тебя
я казню!»

— Вы не слушаете,— грозно сказала Мышь, взглянув на Аню.— О чем вы сейчас думаете?

— Простите,— кротко пролепетала Аня,— вы, кажется, дошли до пятого погиба?

— Ничего подобного, никто не погиб!— не на шутку рассердилась Мышь.— Никто. Вот вы теперь меня спутали.

— Ах, дайте я распутаю... Где узел?— воскликнула услужливо Аня, глядя на хвост Мыши.

— Ничего вам не дам,— сказала та и, встав, стала уходить.— Вы меня оскорбляете тем, что говорите такую чушь!

— Я не хотела! Простите меня,—жалобно протянула Аня.—Но вы так легко обижаетесь!

Мышь только зарычала в ответ.

— Ну, пожалуйста, вернитесь и доскажите ваш рассказ,—вслед ей крикнула Аня.

И все остальные присоединились хором:

— Да, пожалуйста!

Но Мышь только покачала головой нетерпеливо и прибавила шагу.

— Как жаль, что она не захотела остаться!— вздохнул Лори, как только Мышь скрылась из виду, и старая Рачиха воспользовалась случаем, чтобы сказать своей дочери:

— Вот, милая, учись! Видишь, как дурно сердиться!

— Закуси язык, мать,—огрызнулась та.—С тобой и устрица из себя выйдет.

— Ах, если бы Дина была здесь,—громко воскликнула Аня, ни к кому в частности не обращаясь.—Дина живо притащила бы ее обратно!

— Простите за нескромный вопрос,—сказал Лори,—но скажите, кто это—Дина?

На это Аня ответила с радостью, так как всегда готова была говорить о своей любимице.

— Дина—наша кошка. Как она чудно ловит мышей—я просто сказать вам не могу! Или вот еще—птичек. Птичка только сядет, а она ее мигом цап-царап!

Эти слова произвели совершенно исключительное впечатление на окружающих. Некоторые из них тотчас же поспешили прочь. Дряхлая Сорока принялась очень тщательно закутываться, говоря:

— Я, правда, должна бежать домой: ночной воздух очень вреден для моего горла.

А Канарейка дрожащим голосом стала скликать своих детей:

— Пойдемте, родные! Вам уже давно пора быть в постельках!

Так все они под разными предлогами удалились, и Аня вскоре осталась одна.

«Напрасно, напрасно я упомянула про Дину!—уныло сказала она про себя.—Никто, по-видимому, ее здесь не любит, я же убеждена, что она лучшая кошка на свете. Бедная моя Дина! Неужели я тебя никогда больше не увижу!»

И тут Аня снова заплакала, чувствуя себя очень угнетенной и одинокой. Через несколько минут, однако, она услышала шуршание легких шагов и быстро подняла голову, смутно надеясь, что Мышь решила все-таки вернуться, чтобы докончить свой рассказ.

Глава 4

Кто-то летит в трубу

Это был Белый Кролик, который тихо семенил назад, тревожно поглядывая по сторонам, словно искал чего-то. И Аня расслышала, как он бормотал про себя: «Ах, Герцогиня! Герцогиня! Ах, мои бедные лапки! Ах, моя шкурка и усики! Она меня казнит, это ясно, как капуста! Где же я мог их уронить?»

Аня сразу сообразила, что он говорит о веере и о паре белых перчаток, и она добродушно стала искать их вокруг себя, но их нигде не было видно—да и вообще все как-то изменилось с тех пор, как она выкупалась в луже,— и огромный зал, и дверца, и стеклянный столик исчезли совершенно.

Вскоре Кролик заметил хлопочущую Аню и сердито ей крикнул:

— Маша, что ты тут делаешь? Сию же минуту сбегай домой и принеси мне пару белых перчаток и веер! Живо!

И Аня так перепугалась, что тотчас же, не пытаясь объяснить ошибку, метнулась по направлению, в которое Кролик указал дрожащей от гнева лапкой.

«Он принял меня за свою горничную,— думала она, пока бежала.— Как же он будет удивлен, когда узнает, кто я в действительности. Но я, так и быть, принесу ему перчатки и веер — если, конечно, я их найду».

В эту минуту она увидела перед собой веселый чистенький домик, на двери которого была блестящая медная дощечка со словами: ДВОРЯНИН КРОЛИК ТРУСИКОВ. Аня вошла не стуча и взбежала по лестнице очень поспешно, так как боялась встретить настоящую Машу, которая, вероятно, тут же выгнала бы ее, не дав ей найти веер и перчатки.

«Как это все дико,— говорила Аня про себя,—

быть на побегушках у Кролика! Того и гляди, моя Дина станет посылать меня с порученьями».

И она представила себе, как это будет:

«Барышня, идите одеваться к прогулке!» — «Сейчас, няня, сейчас! Мне Дина приказала понаблюдать за этой щелкой в полу, чтобы мышь оттуда не выбежала!»

«Но только я не думаю,— добавила Аня,— что Дине позволят оставаться в доме, если она будет так людей гонять!»

Взбежав по лестнице, она пробралась в пустую комнату, светлую, с голубенькими обоями, и на столе у окна увидела (как и надеялась) веер и две-три пары перчаток. Она уже собралась бежать обратно, как вдруг взгляд ее упал на какую-то бутылочку, стоящую у зеркала. На этот раз никакой пометки на бутылочке не было, но она все-таки откупорила ее и приложила к губам.

«Я уверена, что что-то должно случиться,— сказала она.— Стоит только съесть или выпить что-нибудь; отчего же не посмотреть, как действует содержимое этой бутылочки. Надеюсь, что оно заставит меня опять вырасти, мне так надоело быть такой малюсенькой!»

Так оно и случилось — и куда быстрее, чем она ожидала: полбутылки еще не было выпито, как уже ее голова оказалась прижатой к потолку, и она принуждена была нагнуться, чтобы не сломалась шея. Она поспешно поставила на место бутылочку. «Будет! — сказала она про себя.— Будет! Я надеюсь, что больше не вырасту... Я и так уже не могу пройти в дверь. Ах, если бы я не так много выпила!»

Увы! Поздно было сожалеть! Она продолжала увеличиваться и очень скоро должна была встать на колени. А через минуту и для этого ей не хватало места. И она попыталась лечь, вся скрючившись, упираясь левым локтем в дверь, а правую руку обвив вокруг головы. И все-таки она продолжала расти. Тогда, в виде последнего средства, Аня просунула руку в окно и ногу в трубу, чувствуя, что уж больше ничего сделать нельзя.

К счастью для Ани, действие волшебной бутылочки окончилось: она больше не увеличивалась. Однако очень ей было неудобно, и, так как все равно из комнаты невозможно было выйти, она чувствовала себя очень несчастной.

«Куда лучше было дома! — думала бедная Аня.— Никогда я там не растягивалась и не уменьшалась, никогда на меня не кричали мыши да кролики. Я почти жалею, что нырнула в норку, а все же, а все же — жизнь эта как-то забавна! Что же это со мной случилось? Когда я читала волшебные сказки, мне казалось, что таких ве-

щей на свете не бывает, а вот я теперь оказалась в середине самой что ни есть волшебной сказки! Хорошо бы, если б книжку написали обо мне,— право, хорошо бы! Когда я буду большой, я сама напишу; впрочем,— добавила Аня с грустью,— я уже и так большая: во всяком случае тут мне не хватит места еще вырасти.

Что же это такое? — думала Аня.— Неужели я никогда не стану старше? Это утешительно в одном смысле: я никогда не буду старухой... Но зато, зато... всю жизнь придется долбить уроки! Ох уж мне эти уроки!

Глупая, глупая Аня,— оборвала она самое

себя,— как же можно тут учиться? Едва-едва хватит места для тебя самой! Какие уж тут учебники!»

И она продолжала в том же духе, принимая то одну сторону, то другую и создавая из этого целый разговор; но внезапно снаружи раздался чей-то голос, и она замолчала, прислушиваясь.

— Маша! А Маша! — выкрикивал голос.— Сейчас же принеси мне мои перчатки!

За этим последовал легкий стук шажков вверх по лестнице.

Аня поняла, что это пришел за ней Кролик, и так стала дрожать, что ходуном заходил весь дом. А между тем она была в тысячу раз больше Кролика, и потому ей нечего было его бояться.

Вскоре Кролик добрался до двери и попробовал ее открыть: но так как дверь открывалась внутрь, а в нее крепко упирался Анин локоть, то попытка эта окончилась неудачей. Аня тогда услыхала, как он сказал про себя: «В таком случае я обойду дом и влезу через окно!»

«Нет, этого не будет!» — подумала Аня и, подождав до тех пор, пока ей показалось, что Кролик под самым окном, вдруг вытянула руку, растопыря пальцы. Ей ничего не удалось схватить, но она услыхала маленький взвизг, звук паденья и звонкий треск разбитого стекла, из чего она заключила, что Кролик, по всей вероятности, угодил в парник для огурцов.

Затем послышался гневный окрик Кролика:

— Петька, Петька! Где ты?

И откликнулся голос, которого она еще не слыхала:

— Известно где! Выкапываю яблоки, ваше благородие!

— Знаю твои яблоки! — сердито фыркнул Кролик. — Лучше пойди-ка сюда и помоги мне выбраться из этой дряни. (Опять звон разбитого стекла.)

— Теперь скажи мне, Петька, что это там в окне?

— Известно, ваше благородие, — ручища! (Он произнес это так: рчище.)

— Ручища? Осел! Кто когда видел руку такой величины? Ведь она же все окно заполняет!

— Известно, ваше благородие, заполняет. Но это рука, уж как хотите.

— Все равно, ей там не место, пойди и убери ее!

Затем долгое молчанье. Аня могла различить только шепот и тихие восклицания вроде: «Что говорить, не ндравится мне она, ваше благородие, не ндравится!» — «Делай, как я тебе приказываю, трус этакий!» Наконец она опять выбросила руку, и на этот раз раздались два маленьких взвизга и снова зазвенело стекло.

«Однако, сколько у них там парников!— подумала Аня.— Что же они теперь предпримут? Я только была бы благодарна, если бы им удалось вытащить меня отсюда. Я-то не очень хочу здесь оставаться!»

Она прислушалась. Некоторое время длилось молчанье. Наконец послышалось поскрипыванье тележных колес и гам голосов, говорящих все сразу:

— Где другая лестница?

— Не лезь, мне было велено одну принести. Яшка прет с другой.

— Яшка! Тащи ее сюда, малый!

— Ну-ка приставь их сюды, к стенке!

— Стой, привяжи их одну к другой!

— Да они того... не достают до верха.

— Ничего, и так ладно, нечего деликатничать.

— Эй, Яшка, лови веревку!

— А крыша-то выдержит?

— Смотри-ка, черепица шатается.

— Сейчас обвалится, берегись! (Грох!)

— Кто это сделал?

— Да уж Яшка, конечно.

— Кто по трубе спустится?

— Уволь, братцы, не я!

— Сам лезь!

— Врешь, не полезу!

— Пусть Яшка попробует.

— Эй, Яшка, барин говорит, что ты должен спуститься по трубе.

«Вот оно что! Значит, Яшка должен по трубе спуститься,— сказала про себя Аня.— Они, видно, все на Яшку валят. Ни за что я не хотела бы быть на его месте; камин узок, конечно, но все-таки, мне кажется, я могу дать ему пинок».

Она продвинула ногу как можно дальше в трубу и стала выжидать. Вскоре она услыхала, как какой-то зверек (она не могла угадать

его породу) скребется и возится в трубе. Тогда, сказав себе: «Это Яшка!», она дала резкий пинок и стала ждать, что будет дальше.

Первое, что она услыхала, был общий крик голосов:

— Яшка летит!

Потом, отдельно, голос Кролика:

— Эй, ловите его, вы там, у плетня!

Затем молчанье и снова смутный гам:

— Подними ему голову. Воды!

— Тише, захлебнется!

— Как это было, дружище?

— Что случилось?

— Расскажи-ка подробно!

Наконец раздался слабый, скрипучий голосок

(«Это Яшка»,— подумала Аня).

— Я уж не знаю, что было... Спасибо, спасибо... Мне лучше... Но я слишком взволнован, чтобы рассказывать. Знаю только одно — что-то ухнуло в меня и взлетел я, как ракета.

— Так оно и было, дружище!— подхватили остальные.

— Мы должны сжечь дом,— сказал голос Кролика.

И Аня крикнула из всех сил:

— Если вы это сделаете, я напущу Дину на вас!

Сразу — мертвое молчанье. Аня подумала: «Что они теперь будут делать? Смекалки у них не хватит, чтобы снять крышу».

Через две-три минуты они опять задвигались и прозвучал голос Кролика:

— Сперва одного мешка будет достаточно.

— Мешка чего?— спросила Аня. Но не долго она оставалась в неизвестности: в следующий миг стучащий дождь мелких камушков хлынул в окно, и некоторые из них попали ей в лоб.

«Я положу конец этому!»— подумала Аня и громко крикнула:

— Советую вам перестать!— Что вызвало опять мертвое молчанье.

Аня заметила не без удивленья, что камушки, лежащие на полу, один за другим превращались в крохотные пирожки,— и блестящая мысль осенила ее. «Что, если я съем один из этих пирожков,— подумала она.— Очень возможно, что он как-нибудь изменит мой рост. И так как я увеличиваться все равно больше не могу, то полагаю, что стану меньше».

Сказано — сделано. И Аня, проглотив пиро-

жок, с радостью заметила, что тотчас рост ее стал убавляться.

Как только она настолько уменьшилась, что была в состоянии пройти в дверь, она сбежала по лестнице и, выйдя наружу, увидела перед домом целое сборище зверьков и птичек. Посредине был бедненький Яшка-Ящерица, поддерживаемый двумя морскими свинками, которые что-то вливали ему в рот из бутылочки. Все они мгновенно бросились к Ане, но она проскочила и пустилась бежать со всех ног, пока не очутилась в спасительной глубине частого леса.

«Первое, что нужно мне сделать,—это вернуться к своему настоящему росту; а второе — пробраться в тот чудесный сад. Вот, кажется, лучший план».

План был, что и говорить, великолепный — очень стройный и простой. Единственной заторой было то, что она не имела ни малейшего представления, как привести его в исполнение; и пока она тревожно вглядывалась в просветы между стволами, резкое тявканье заставило ее поспешно поднять голову.

Исполинский щенок глядел на нее сверху огромными круглыми глазами и, осторожно протягивая лапу, старался дотронуться до ее платья.

— Ах ты мой бедненький!—проговорила Аня ласковым голосом и попыталась было засвистать. Но ей все время ужасно страшно было, что он, может быть, проголодался и в таком случае не преминет съесть ее, несмотря на всю ее ласковость.

Едва зная, что делает, Аня подняла с земли какую-то палочку и протянула ее щенку. Тот с радостным взвизгом подпрыгнул на воздух, подняв сразу все четыре лапы, и игриво кинулся на палочку, делая вид, что хочет ее помять. Тогда Аня, опасаясь быть раздавленной, юркнула под защиту огромного чертополоха, но только

она высунулась с другой стороны, как щенок опять кинулся на палочку и полетел кувырком от слишком большой поспешности. Ане казалось, что это игра с бегемотом, который может каждую минуту ее растоптать. Она опять обежала чертополох, и тут щенок разыгрался вовсю: он перебирал лапами вправо и влево, предпринимал ряд коротких нападений, всякий раз немного приближаясь и очень далеко отбегая, и все время хрипло полаивал, пока наконец не устал. Тогда он сел поодаль, трудно дыша, высунув длинный малиновый язык и полузакрыв огромные глаза.

Это для Ани и послужило выходом: она кинулась бежать и неслась до тех пор, пока лай щенка не замер в отдалении.

«А все же, какой это был душка!—сказала Аня, в изнеможении прислоняясь к лютику и обмахиваясь одним из его листков.—Как хорошо, если бы я могла научить его всяким штукам, но только вот—я слишком мала! Боже мой! Я и забыла, что не выросла снова! Рассудим, как бы достигнуть этого? Полагаю, что нужно что-либо съесть или выпить. Но что именно—вот вопрос».

Аня посмотрела вокруг себя—на цветы, на стебли трав. Ничего не было такого, что можно было бы съесть или выпить. Вблизи был большой гриб, приблизительно одного роста с ней, и, после того как она посмотрела под ним и с боков, ей пришла мысль, что можно посмотреть, не находится ли что-либо наверху.

Она, встав на цыпочки, вытянула шею и тотчас же встретилась глазами с громадной голубой гусеницей, которая, скрестив руки, сидела на шапке гриба и преспокойно курила длинный кальян, не обращая ни малейшего внимания ни на Аню, ни на что другое.

Глава 5

Совет гусеницы

Гусеница и Аня долго смотрели друг на друга молча.

Наконец Гусеница вынула кальян изо рта и обратилась к Ане томным, сонным голосом.
— Кто ты?—спросила Гусеница.
Это было не особенно подбадривающим на-

чалом для разговора, Аня отвечала несколько застенчиво:

— Я... я не совсем точно знаю, кем я была, когда встала утром, а кроме того, с тех пор я несколько раз «менялась».

— Что ты хочешь сказать этим? — сердито отчеканила Гусеница. — Объяснись!

— В том-то и дело, что мне трудно себя объяснить, — отвечала Аня, — потому что, видите ли, я — не я.

— Я не вижу, — сухо сказала Гусеница.

— Я боюсь, что не могу выразиться ясно, — очень вежливо ответила Аня. — Начать с того, что я сама ничего не понимаю: это так сложно и неприятно — менять свой рост по нескольку раз в день.

— Не нахожу, — молвила Гусеница.

— Может быть, вы этого сейчас не находите,—сказала Аня,—но когда вам придется превратиться в куколку—а это, вы знаете, неизбежно,—а после в бабочку, то вы, наверно, почувствуете себя скверно.

— Ничуть,—ответила Гусеница.

— Ну, тогда у вас, вероятно, другой характер,—подхватила Аня.—Знаю одно: мне бы это показалось чрезвычайно странным.

— Тебе?—презрительно проговорила Гусеница.—Кто ты?

И разговор таким образом обратился в сказку про белого бычка. Аню немного раздражало то, что Гусеница так скупа на слова, и, выпрямившись, она твердо сказала:

— Мне кажется, вы сперва должны были бы сказать мне, кто вы.

— Почему?—спросила Гусеница.

Опять—затруднительный вопрос. Аня не могла придумать ни одной уважительной причины, и так как Гусеница казалась в чрезвычайно дурном расположении духа, то она пошла прочь.

— Стой!—крикнула Гусеница.—У меня есть нечто важное тебе сообщить.

Это звучало соблазнительно. Аня воротилась.

— Владей собой,—молвила Гусеница.

— Это все?—спросила Аня, с трудом сдерживая негодование.

— Нет,—сказала Гусеница.

Аня решила, что она может подождать, благо ей нечего делать: может быть, она услышит что-нибудь любопытное. В продолжение нескольких минут Гусеница молчаливо попыхивала, но наконец раскрестила руки, опять вынула изо рта кальян и сказала:

— Значит, ты считаешь, что ты изменилась, не так ли?

— Так,—подтвердила Аня.—Я не могу вспомнить вещи, которые всегда знала, и меняю свой рост каждые десять минут.

— Какие вещи?—спросила Гусеница.

— Вот, например, я попробовала прочесть наизусть: «Птичка божия не знает», а вышло совсем не то,—с грустью сказала Аня.

— Прочитай-ка «Скажи-ка, дядя, ведь недаром»,—приказала Гусеница.

Аня сложила руки на коленях и начала:

> *«Скажи-ка, дядя, ведь недаром*
> *Тебя считают очень старым:*
> *Ведь, право же, ты сед,*
> *И располнел ты несказанно.*
> *Зачем же ходишь постоянно*
> *На голове? Ведь, право ж, странно*
> *Шалить на склоне лет!»*

> *И молвил он: «В былое время*
> *Держал, как дорогое бремя,*
> *Я голову свою...*
> *Теперь же, скажем откровенно,*
> *Мозгов лишен я совершенно*
> *И с легким сердцем, вдохновенно*
> *На голове стою».*

> *«Ах, дядя, повторяю снова:*
> *Достиг ты возраста честного,*
> *Ты—с весом, ты—с брюшком...*
> *В такие годы ходят плавно.*
> *А ты, о старец своенравный,*
> *Влетел ты в комнату недавно—*
> *Возможно ль?—кувырком!»*

«Учись, юнец,— мудрец ответил.—
Ты, вижу, с завистью приметил,
     Как легок мой прыжок.
Я с детства маслом мазал ножки,
Глотал целебные лепешки
Из гуттаперчи и морошки —
     Попробуй-ка, дружок!»

«Ах, дядя, дядя, да скажи же,
Ты стар иль нет? Одною жижей
     Питаться бы пора!
А съел ты гуся — да какого!
Съел жадно, тщательно, толково,
И не осталось от жаркого
     Ни одного ребра!»

«Я как-то раз (ответил дядя,
Живот величественно гладя)
     Решил с женой моей
Вопрос научный, очень спорный,
И спор наш длился так упорно,
Что отразился благотворно
     На силе челюстей».

«Еще одно позволь мне слово:
Сажаешь ты угря живого
     На угреватый нос.
Его подкинешь два-три раза,
Поймаешь... Дядя, жду рассказа:
Как приобрел ты верность глаза?
     Волнующий вопрос!»

«И совершенно неуместный,—
Заметил старец.— Друг мой, честно
     Ответил я на три
Твои вопроса. Это много».
И он пошел своей дорогой,
Шепнув загадочно и строго:
     «Ты у меня смотри!»

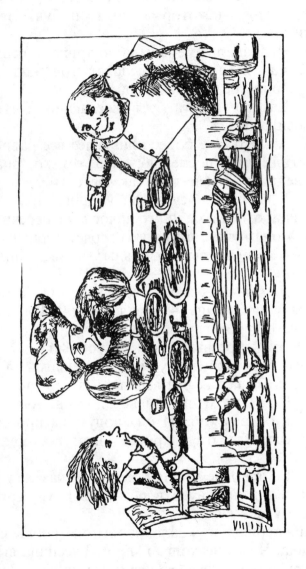

— Это неправильно,— сказала Гусеница.

— Не совсем правильно, я боюсь,— робко отвечала Аня,— некоторые слова как будто изменились.

— Неправильно с начала до конца,— решила Гусеница, и за этим последовало молчанье.

Гусеница первая заговорила.

— Какого роста ты желаешь быть?— спросила она.

— Ах, это мне более или менее все равно,— ответила Аня поспешно.— Но только, знаете ли, неприятно меняться так часто.

— Я не знаю,— сказала Гусеница.

Аня промолчала; никто никогда не перечил ей так, и она чувствовала, что теряет терпенье.

— А сейчас вы довольны?— осведомилась Гусеница.

— Да как вам сказать? Мне хотелось бы быть чуточку побольше,— сказала Аня.— Три дюйма — это такой глупый рост!

— Это чрезвычайно достойный рост!— гневно воскликнула Гусеница, взвиваясь на дыбы (она была как раз вышиной в три дюйма).

— Но я к этому не привыкла!— жалобно протянула бедная Аня. И она подумала про себя: «Ах, если бы эти твари не были так обидчивы!»

— Со временем привыкнешь!— сказала Гусеница и опять сунула в рот кальянную трубку и принялась курить.

Аня терпеливо ждала, чтобы она вновь заговорила. Через несколько минут Гусеница вынула трубку, раз, два зевнула и потянулась. Затем она мягко слезла с гриба и уползла в траву.

— Один край заставит тебя вырасти, дру-

гой — уменьшиться, — коротко сказала она, не оглядываясь.

«Один край чего? Другой край чего?» — подумала Аня.

— Грибной шапки, — ответила Гусеница,

словно вопрос задан был громко, и в следующий миг она скрылась из виду.

Аня осталась глядеть задумчиво на гриб, стараясь уяснить себе, какая левая сторона и какая правая. И так как шапка была совершенно круглая, вопрос представлялся нелегкий. Наконец она протянула руки насколько могла, обхватив шапку гриба, и отломала обеими руками по одному кусочку с того и другого края.

«Какой же из них заставит меня вырасти?» — сказала она про себя и погрызла кусочек в правой руке, чтобы узнать последствие. Тотчас же она почувствовала сильный удар в подбородок и в ногу — они столкнулись!

Внезапность этой перемены очень ее испугала. Нельзя было терять времени — она быстро таяла. Тогда она принялась за другой кусочек. Подбородок ее был так твердо прижат к ноге, что нелегко было открыть рот. Но наконец ей это удалось, и она стала грызть кусочек, отломанный с левого края.

*   *   *

— Слава богу, голова моя освободилась! — радостно воскликнула Аня, но тотчас же тревожно смолкла, заметив, что плечи ее исчезли из виду. Все, что она могла различить, глядя вниз, была длиннейшая шея, взвивающаяся из моря зелени.

«Что это зеленое? — спросила себя Аня. — И куда же исчезли мои бедные плечи? И как же это я не могу рассмотреть мои бедные руки?»

Она двигала ими, говоря это, но вызывала только легкое колебанье в листве, зеленеющей далеко внизу.

Так как невозможно было поднять руки к лицу, она попробовала опустить голову к рукам и с удовольствием заметила, что шея ее, как змея, легко сгибается в любую сторону. Она обратила ее в изящную извилину и уже собиралась нырнуть в зелень (которая оказалась не чем иным, как верхушками тех самых деревьев, под которыми она недавно бродила)—но вдруг резкое шипенье заставило ее откинуться: крупный голубь, налетев на нее, яростно бил ее крыльями по щекам.

— Змея!—шипел Голубь.

— Я вовсе не змея,—в негодовании сказала Аня.

— Змея,—повторил Голубь, но уже тише, и прибавил, как бы всхлипнув:—Я уже испробовал всевозможные способы, и ничего у меня не выходит.

— Я совершенно не знаю, о чем вы говорите,—сказала Аня.

— Пробовал я корни деревьев и речные скаты и кустарники,— продолжал Голубь, не обращая на нее внимания,—но эти змеи! Никак им не угодишь!

Недоуменье Ани все росло. Но ей казалось, что не стоит перебивать Голубя.

— И так нелегко высиживать яйца,—воскликнул он,—а тут еще изволь днем и ночью оберегать их от змей! Да ведь я глаз не прикрыл за последние три недели!

— Мне очень жаль, что вас тревожили,—сказала Аня, которая начинала понимать, к чему он клонит.

— И только я выбрал самое высокое дерево во всем лесу,—продолжал Голубь, возвышая голос до крика,—и только успел порадоваться, что от них отделался, как нате вам, они, вертлявые гадины, с неба спускаются. Прочь, змея!

— Да я же говорю вам—я вовсе не змея!— возразила Аня.—Я... я... я...

— Ну? Кто же ты?—взвизгнул Голубь.—
Вижу, что ты стараешься придумать что-нибудь.

— Я—маленькая девочка,—проговорила

Аня не совсем уверенно, так как вспомнила,
сколько раз она менялась за этот день.

— Правдоподобно, нечего сказать!—презри-тельно прошипел Голубь.—Немало я видел
маленьких девочек на своем веку, но де-вочки с такой шеей—никогда! Нет, нет! Ты—
змея, и нечего это отрицать. Ты еще скажи, что
никогда не пробовала яиц!

— Разумеется, пробовала,—ответила прав-дивая Аня,—но ведь девочки столько же едят
яйца, как и змеи.

— Не думаю,—сказал Голубь.—Но если это
и правда, то, значит, они тоже в своем роде
змеи—вот и все.

Ане показалось это совсем новой мыслью,
и она замолчала на несколько мгновений, что
дало Голубю возможность добавить:

— Ты ищешь яйца, это мне хорошо известно,

и безразлично мне, девочка ты или змея!

— Мне это не все равно,— поспешно сказала Аня.— Но дело в том, что я яиц не ищу, а если б и искала, то во всяком случае мне не нужны были бы ваши: я не люблю их сырыми.

— Тогда убирайся,— проворчал Голубь и с обиженным видом опустился в свое гнездо. Аня же скрючилась между деревьями, причем шея ее все запутывалась в ветвях, и ей то и дело приходилось останавливаться, чтобы распутать ее.

Вспомнив, что в руках у нее остались оба кусочка гриба, она осторожно принялась за них, отгрызая немного то от одного, то от другого и становясь то выше, то ниже, пока наконец не вернулась к своему обычному росту.

Так много времени прошло с тех пор, как была она сама собой, что сперва ей показалось это даже несколько странным. Но вскоре она привыкла и стала сама с собой говорить.

«Ну вот, первая часть моего плана выполнена! Как сложны были все эти перемены! Никогда не знаешь, чем будешь через минуту! Как бы ни было, а теперь я обычного роста. Следующее — это пробраться в чудесный сад — но как это сделать, как это сделать?»

Так рассуждая, она внезапно вышла на прогалину и увидела крошечный домик около четырех футов вышины.

«Кто бы там ни жил,— подумала Аня,— нехорошо явиться туда в таком виде: я бы до чертиков испугала их своей величиной!» Она опять принялась за правый кусочек гриба и только тогда направилась к дому, когда уменьшилась до десяти дюймов.

Глава 6

Поросенок и перец

Некоторое время она глядела на домик молча. Вдруг из леса выбежал пышный лакей (она приняла его за лакея благодаря ливрее: иначе, судя по его лицу, она назвала бы его рыбой) и громко постучал костяшками рук о дверь. Отпер другой лакей, тоже в пышной ливрее, раскоряченный, лупоглазый, необычайно похожий на лягушку. И у обоих волосы были мелко завиты и густо напудрены.

Ане было очень любопытно узнать, что будет дальше, и, стоя за ближним стволом, она внимательно прислушивалась.

Лакей-Рыба начал с того, что вытащил из-под мышки запечатанный конверт величиной с него самого и, протянув его лакею, открывшему дверь, торжественно произнес:

— Для Герцогини. Приглашение от Королевы на игру в крокет.

Лакей-Лягушка таким же торжественным тоном повторил, слегка изменив порядок слов:

— От Королевы. Приглашение для Герцогини на игру в крокет.

Затем они оба низко поклонились и спутались завитками.

Аню это так рассмешило, что она опять скрылась в чащу, боясь, что они услышат ее хохот, и когда она снова выглянула, то уже Лакея-Рыбы не было, а другой сидел на пороге, тупо глядя в небо.

Аня подошла к двери и робко постучала.

— Стучать ни к чему,— сказал лакей, не глядя

на нее,— ибо, во-первых, я на той же стороне от двери, как и вы, а во-вторых, в доме такая возня, что никто вашего стука все равно не услышит.

И действительно, внутри был шум необычайный; безостановочный рев и чиханье, а порою оглушительный треск разбиваемой посуды.

— Скажите мне, пожалуйста,— проговорила Аня,— как же мне туда войти?

— Был бы какой-нибудь прок от вашего стука,— продолжал лакей, не отвечая ей,— когда бы дверь была между нами. Если б вы, например, постучали бы изнутри, то я мог бы вас, так сказать, выпустить.

При этом он не отрываясь глядел вверх, что показалось Ане чрезвычайно неучтиво. «Но, быть может, он не может иначе,— подумала она.— Ведь глаза у него на лбу. Но по крайней мере он мог бы ответить на вопрос».

— Как же я войду? — повторила она громко.

— Я буду здесь сидеть,— заметил лакей,— до завтрашнего дня.

Тут дверь дома на миг распахнулась, и большая тарелка, вылетев оттуда, пронеслась дугой над самой головой лакея, легко коснувшись кончика его носа, и разбилась о соседний ствол.

— И пожалуй, до послезавтра,— продолжал лакей совершенно таким же голосом, как будто ничего и не произошло.

— Как я войду? — настаивала Аня.

— Удастся ли вообще вам войти? — сказал лакей.— Вот, знаете, главный вопрос.

Он был прав. Но Ане было неприятно это возражение.

«Это просто ужас,— пробормотала она,— как

все эти существа любят рассуждать. С ними с ума можно сойти!»

Лакей воспользовался ее молчаньем, повторив прежнее свое замечание с некоторым дополненьем.

— Я буду здесь сидеть,— сказал он,— по целым дням, по целым дням... без конца...

— А что же мне-то делать? — спросила Аня.

— Все, что хотите,— ответил лакей и стал посвистывать.

— Ну его, все равно ничего не добьюсь,— воскликнула Аня в отчаянии.— Он полный дурак! — И она отворила дверь и вошла в дом.

Очутилась она в просторной кухне, сплошь отуманенной едким дымом. Герцогиня сидела посредине на стуле о трех ногах и нянчила младенца; кухарка нагибалась над очагом, мешая суп в огромном котле.

«Однако сколько в этом супе перца!» — подумала Аня, расчихавшись.

Да и весь воздух был заражен. Герцогиня и та почихивала; ребенок же чихал и орал попеременно, не переставая ни на одно мгновение.

Единственные два существа на кухне, которые не чихали, были кухарка и большой кот, который сидел у плиты и широко ухмылялся.

— Будьте добры мне объяснить,— сказала Аня робко, так как не знала, учтиво ли с ее стороны заговорить первой.— Почему это ваш кот ухмыляется так?

— Это — Масленичный Кот,— отвечала Герцогиня,— вот почему. Хрюшка!

Последнее слово было произнесено так внезапно и яростно, что Аня так и подскочила; но она сейчас же поняла, что оно обращено не к ней, а к младенцу, и, набравшись смелости, заговорила опять:

— Я не знала, что такие коты постоянно ухмыляются. Впрочем, я вообще не знала, что коты могут это делать.

— Не всегда коту масленица,— ответила Герцогиня.— Моему же коту — всегда. Вот он и ухмыляется.

— Я этого никогда не знала,— вежливо сказала Аня. Ей было приятно, что завязался умный разговор.

— Ты очень мало что знаешь,— отрезала Герцогиня.— Это ясно.

Ане не понравился тон этого замечания, и она подумала, что хорошо бы перевести разговор на что-нибудь другое.

Пока она старалась найти тему, кухарка сняла с огня котел с супом и тотчас же принялась швырять в Герцогиню и в ребенка все, что попадалось ей под руку: кочерга и утюг полетели первыми, потом градом посыпались блюдца, тарелки, миски. Герцогиня не обращала на них никакого внимания, даже когда они попадали в нее; ребенок же орал беспрестанно, так что все равно нельзя было знать, когда ему больно — когда нет.

— Ах, ради бога, будьте осторожны! — вскрикивала Аня, прыгая на месте от нестерпимого страха.— Ах, вот отлетел его бесценный нос! — взвизгнула она, когда большая тарелка чуть не задела младенца.

— Если б никто не совался в чужие дела,— сказала хриплым басом Герцогиня,— земля вертелась бы куда скорее.

— Что не было бы преимуществом,— заметила Аня, воспользовавшись случаем, чтобы показать свое знание.—Подумайте только, как укоротился бы день. Земля, видите ли, берет двадцать четыре часа...

— В таком случае,—рявкнула Герцогиня,— отрубить ей голову.

Аня с тревогой поглядела на кухарку, не собирается ли она исполнить это приказание, но кухарка ушла с головой в суп и не слушала.

Аня решилась продолжать:

— Двадцать четыре часа, кажется,—или двенадцать? Я...

— Увольте,—сказала Герцогиня.—Я никогда не могла выносить вычисления!

И она стала качать своего младенца, выкрикивая при этом нечто вроде колыбельной песни и хорошенько встряхивая его после каждого стиха:

>   — *Вой, младенец мой прекрасный,*
>   *А чихнешь — побью!*
>   *Ты нарочно — это ясно...*
>   *Баюшки-баю.*
>   Х о р
>   (при участии кухарки и ребенка)
>   *Ау! Ау! Ау! Ау!*
>   — *То ты синий, то ты красный,*
>   *Бью и снова бью!*
>   *Перец любишь ты ужасно.*
>   *Баюшки-баю.*
>   Х о р
>   *Ау! Ау! Ау! Ау! Ау! Ау!*

— Эй, вы там, можете понянчить его, если хотите,—сказала Герцогиня, обращаясь к Ане, и, как мяч, кинула ей ребенка.—Я же должна пойти одеться, чтобы отправиться играть в крокет с Королевой.

И она поспешно вышла. Кухарка швырнула ей вслед кастрюлю, но промахнулась на волос.

Аня схватила ребенка с некоторым трудом: это было несуразное маленькое существо, у которого ручки и ножки торчали во все стороны («Как у морской звезды»,— подумала Аня). Оно, бедное, напряженно сопело и, словно куколка, то скрючивалось, то выпрямлялось, так что держать его было почти невозможно.

Наконец Аня нашла верный способ (то есть скрутила его в узел и крепко ухватилась за его правое ушко и левую ножку, не давая ему таким образом раскрутиться) и вышла с ним на свежий воздух.

«Не унеси я его, они бы там, конечно, его убили,— подумала Аня.— Было бы преступленье его оставить».

Последние слова она произнесла громко, и ребенок в ответ хрюкнул (он уже перестал чихать к тому времени).

— Не хрюкай,— сказала Аня.— Вежливые люди выражаются иначе.

Но младенец хрюкнул опять, и Аня с тревогой взглянула на него. Странное было личико: вздернутый нос, вроде свиного рыльца, крохотные гляделки, вовсе не похожие на детские глаза. Ане все это очень не понравилось. «Но, может быть, он просто всхлипывает»,— подумала она и посмотрела, нет ли слез на ресницах. Но не было ни ресниц, ни слез.

— Если ты собираешься, мой милый, обратиться в поросенка,— твердо сказала Аня,— то я с тобой никакого дела иметь не хочу. Смотри ты у меня!

Бедное маленькое существо снова всхлипнуло (или хрюкнуло — разобрать было невозможно), и Аня некоторое время несла его молча.

Аня начинала уже недоумевать — что же она с ним будет делать дома, как вдруг он хрюкнул так громко, что она с некоторым испугом поглядела ему в лицо. На этот раз сомнения не оставалось: это был самый настоящий поросенок, так что глупо было с ним возиться. Аня опустила поросенка наземь, и тот, теряя чепчик на бегу, спокойно затрусил прочь и вскоре скрылся в чаще, что очень обрадовало ее.

«Он в будущем был бы ужасно уродлив как ребенок, — сказала она про себя, — но свинья, пожалуй, вышла бы из него красивая». И она стала размышлять о других ей знакомых детях, которые годились бы в поросята. «Если б только знать, как изменить их», — подумала она и вдруг, встрепенувшись, заметила, что на суку ближнего дерева сидит Масленичный Кот.

Он только ухмыльнулся, увидя Аню. Вид у него был добродушный, хотя когти были длиннейшие, а по количеству зубов он не уступал крокодилу. Поэтому Аня почувствовала, что нужно относиться к нему с уважением.

— Масленичный Котик, — робко заговорила она, не совсем уверенная, понравится ли ему это обращение. Однако он только шире осклабился. «Пока что он доволен», — подумала Аня и продолжала: — Котик, не можете ли вы мне сказать, как мне выйти отсюда.

— Это зависит, куда вам нужно идти, — сказал Кот.

— Мне-то, в общем, все равно куда,— начала Аня.

— Тогда вам все равно, какую дорогу взять,— перебил ее Кот.

— Только бы прийти куда-нибудь,— добавила Аня в виде объяснения.

— Прийти-то вы придете,— сказал Кот,— если будете идти достаточно долго.

Аня почувствовала, что отрицать этого нельзя. Она попробовала задать другой вопрос:

— Какого рода люди тут живут?

— Вон там,— сказал Кот, помахав правой лапой,— живет Шляпник, а вон там (он помахал левой) живет Мартовский Заяц. Навести-ка их: оба они сумасшедшие.

— Но я вовсе не хочу общаться с сумасшедшими,— заметила Аня.

— Ничего уж не поделаешь,— возразил Кот.— Мы все здесь сумасшедшие. Я безумен. Вы безумны.

— Откуда вы знаете, что я безумная? — спросила Аня.

— Должны быть. Иначе вы сюда не пришли бы.

Аня не нашла это доказательством. Однако она продолжала:

— А как вы знаете, что вы сами сумасшедший?

— Начать с того,— ответил Кот,— что собака, например, не сумасшедшая. Вы с этим согласны?

— Пожалуй,— сказала Аня.

— Ну так вот,— продолжал Кот,— собака рычит, когда сердита, и виляет хвостом, когда довольна. Я же рычу, когда доволен, и виляю хвостом, когда сержусь. Заключение: я—сумасшедший.

— Я называю это мурлыканьем, а не рычаньем,—проговорила Аня.

— Называйте чем хотите,—сказал Кот.—Играете ли вы сегодня в крокет с Королевой?

— Я очень бы этого хотела,—ответила Аня,—но меня еще не приглашали.

— Вы меня там увидите,—промолвил Кот и исчез.

Это не очень удивило Аню: она уже привыкла к чудесам. Пока она глядела на то место, где только что сидел Кот, он вдруг появился опять.

— Кстати, что случилось с младенцем?—спросил он.

— Он превратился в поросенка,—ответила Аня совершенно спокойно, словно Кот вернулся естественным образом.

— Я так и думал,—ответил Кот и снова испарился.

Аня подождала немного, думая, что, может, он опять появится, а затем пошла по тому направлению, где, по его словам, жил Мартовский Заяц.

«Шляпников я и раньше видала,—думала она.—Мартовский Заяц куда будет занятнее, и к тому же, так как мы теперь в мае, он не будет буйнопомешанный, по крайней мере, не так буйно, как в марте». Тут она взглянула вверх и опять увидела Кота, сидящего на ветке дерева.

— Вы как сказали—поросенок или опенок?—спросил Кот.

— Я же сказала—поросенок,—ответила

Аня.—И я очень бы просила вас не исчезать и не появляться так внезапно: у меня в глазах рябит.

— Ладно,—промолвил Кот и на этот раз стал исчезать постепенно, начиная с кончика хвоста и кончая улыбкой, которая еще осталась некоторое время после того, как остальное испарилось.

«Однако!—подумала Аня.—Мне часто приходилось видеть кота без улыбки, но улыбку без кота—никогда. Это просто поразительно».

Вскоре она пришла к дому Мартовского Зайца. Не могло быть сомнения, что это был именно его дом: трубы были в виде ушей, а крыша была крыта шерстью. Дом был так велик, что она не решилась подойти раньше, чем не откусила кусочек от левого ломтика гриба. И даже тогда она робела: а вдруг он все-таки буйствует! «Пожалуй, лучше было бы, если бы я посетила Шляпника!»

Глава 7

Сумасшедшие пьют чай

Перед домом под деревьями был накрыт стол: Мартовский Заяц и Шляпник пили чай. Зверек Соня сидел между ними и спал крепким сном. Они же облокачивались на него, как на подушку, и говорили через его голову. «Соне, наверно, очень неудобно,—подумала Аня.—Но впрочем, он спит, не замечает».

Стол был большой, но почему-то все трое скучились в одном месте.

— Нет места, нет места,—закричали они, когда Аня приблизилась.

— Места сколько угодно,—сказала она в возмущении и села в обширное кресло во главе стола.

— Можно вам вина?—бодро предложил Мартовский Заяц.

Аня оглядела стол: на нем ничего не было, кроме чая и хлеба с маслом.

— Я никакого вина не вижу,—заметила она.

— Никакого и нет,—сказал Мартовский Заяц.

— В таком случае не очень было вежливо предлагать мне его,—рассердилась Аня.

— Не очень было вежливо садиться без приглашения,—возразил Мартовский Заяц.

— Я не знала, что это ваш стол,—сказала Аня.—Тут гораздо больше трех приборов.

— Обстричь бы вас,—заметил Шляпник. Он все время смотрел на волосы Ани с большим любопытством, и вот были его первые слова.

Аня опять вспылила:

— Потрудитесь не делать личных замечаний, это чрезвычайно грубо.

У Шляпника расширились глаза, но все, что он сказал, было:

— Какое сходство между роялем и слоном?

«Вот это лучше,—подумала Аня.—Я очень люблю такого рода загадки. Повеселимся».

— Мне кажется, я могу разгадать это,— добавила она громко.

— Вы говорите, что знаете ответ?—спросил Мартовский Заяц.

Аня кивнула.

— А вы знаете, что говорите? — спросил Мартовский Заяц.

— Конечно, — поспешно ответила Аня. — По крайней мере, я говорю, что знаю. Ведь это то же самое.

— И совсем не то же самое, — воскликнул Шляпник. — Разве можно сказать: «Я вижу, что ем», вместо: «Я ем, что вижу»?

— Разве можно сказать, — пробормотал Соня, словно разговаривая во сне, — «Я дышу, пока сплю», вместо: «Я сплю, пока дышу»?

— В твоем случае можно, — заметил Шляпник, и на этом разговор иссяк, и все сидели молча, пока Аня вспоминала все, что знала насчет роялей и слонов, — а знала она не много.

Шляпник первый прервал молчанье.

— Какое сегодня число? — спросил он, обращаясь к Ане. При этом он вынул часы и тревожно на них глядел, то встряхивая их, то прикладывая их к уху.

Аня подумала и сказала:

— Четвертое.

— На два дня отстают, — вздохнул Шляпник. — Я говорил тебе, что твое масло не подойдет к механизму, — добавил он, недовольно глядя на Мартовского Зайца.

— Масло было самое свежее, — кротко возразил Мартовский Заяц.

— Да, но, вероятно, и крошки попали, — пробурчал Шляпник. — Ты не должен был мазать хлебным ножом.

Мартовский Заяц взял часы и мрачно на них посмотрел, потом окунул их в свою чашку, расплескав чай, и посмотрел опять.

— Это было самое свежее масло,— повторил он удивленно.

Аня с любопытством смотрела через его плечо.

— Какие забавные часы! — воскликнула она.— По ним можно узнать, которое сегодня число, а который час — нельзя.

— Ну и что же,— пробормотал Шляпник.— Или по вашим часам можно узнать время года?

— Разумеется, нет,— бойко ответила Аня.— Ведь один и тот же год держится так долго.

— В том-то и штука,— проговорил Шляпник.

Аня была ужасно озадачена. Объяснение Шляпника не имело, казалось, никакого смысла, а вместе с тем слова были самые простые.

— Я не совсем понимаю,— сказала она, стараясь быть как можно вежливее.

— Соня опять спит,— со вздохом заметил Шляпник и вылил ему на нос немножко горячего чая.

Соня нетерпеливо помотал головой и сказал, не открывая глаз:

— Конечно, конечно, я совершенно того же мнения.

— Нашли разгадку? — спросил Шляпник, снова повернувшись к Ане.

— Сдаюсь! — объявила Аня.— Как же?

— Не имею ни малейшего представления,— сказал Шляпник.

— И я тоже,— сказал Мартовский Заяц.

Аня устало вздохнула:

— Как скучно так проводить время!

— Если бы вы знали Время так, как я его знаю,— заметил Шляпник,— вы бы не посмели сказать, что его провожать скучно. Оно самолюбиво.

— Я вас не понимаю,— сказала Аня.

— Конечно нет! — воскликнул Шляпник, презрительно мотнув головой.— Иначе вы бы так не расселись.

— Я только села на время,— кротко ответила Аня.

— То-то и есть,— продолжал Шляпник.— Время не любит, чтобы на него садились. Видите ли, если бы вы его не обижали, оно делало бы с часами все, что хотите. Предположим, было бы десять часов утра. Вас зовут на урок. А тут вы бы ему, Времени-то, намекнули — и мигом закружились бы стрелки: два часа, пора обедать.

«Ах, пора!» — шепнул про себя Мартовский Заяц.

— Это было бы великолепно,— задумчиво проговорила Аня.— Но только, знаете, мне, пожалуй, не хотелось бы есть.

— Сначала, может быть, и не хотелось бы,— сказал Шляпник,— но ведь вы бы могли подержать стрелку на двух часах до тех пор, пока не проголодались бы.

— И вы так делаете? — спросила Аня.

Шляпник уныло покачал головой.

— Куда мне? — ответил он.— Мы с Временем рассорились в прошлом Мартобре, когда этот, знаете, начинал сходить с ума (он указал чайной ложкой на Мартовского Зайца), а случилось это так: Королева давала большой музыкальный вечер, и я должен был петь:

«Рыжик, рыжик, где ты был?
На полянке дождик пил?»

Вы, может быть, эту песню знаете?

— Я слышала нечто подобное,— ответила Аня.

— Не думаю,— сказал Шляпник.— Дальше идет так:

> *«Выпил каплю, выпил две,*
> *Стало сыро в голове!»*

Тут Соня встряхнулся и стал петь во сне: «Сыро, сыро, сыро, сыро...» — и пел так долго, что остальным пришлось его щипать, чтобы он перестал.

— Ну так вот,— продолжал Шляпник,— только начал я второй куплет, вдруг Королева как вскочит да гаркнет: «Он губит время! Отрубить ему голову!»

— Как ужасно жестоко! — воскликнула Аня.

— И с этой поры,— уныло добавил Шляпник,— Время отказывается мне служить: теперь всегда пять часов.

— Потому-то и стоит на столе так много чайной посуды? — спросила Аня.

— Да, именно потому,— вздохнул Шляпник.— Время всегда — время чая, и мы не успеваем мыть чашки.

— Так, значит, вы двигаетесь вокруг стола от одного прибора к другому? — сказала Аня.

— Да,— ответил Шляпник,— от одного к другому, по мере того, как уничтожаем то, что перед нами.

— А что же случается, когда вы возвращаетесь к началу? — полюбопытствовала Аня.

— Давайте-ка переменим разговор,— перебил Мартовский Заяц, зевая.— Мне это начинает надоедать. Предлагаю, чтобы барышня рассказала нам что-нибудь.

— Я ничего не знаю,— сказала Аня, несколько испуганная этим предложением.

— Тогда расскажет Соня! — воскликнули оба.— Проснись, Соня!

И они одновременно ущипнули его с обеих сторон.

Соня медленно открыл глаза.

— Я вовсе не спал,— проговорил он слабым хриплым голосом.— Я слышал, господа, каждое ваше слово.

— Расскажи нам сказку,— попросил Мартовский Заяц.

— Да, пожалуйста,— протянула Аня.

— И поторопись! — добавил Шляпник.— А то уснешь, не докончив.

— Жили-были три сестренки,— начал Соня с большой поспешностью,— и звали их: Мася, Пася и Дася. И жили они в глубине колодца...

— Чем они питались? — спросила Аня.

— Они питались сиропом,— сказал Соня, подумав.

— Это, знаете, невозможно,— кротко вставила Аня,— ведь они же были бы больны.

— Так они и были очень больны,— ответил Соня.

Аня попробовала представить себе такую необычайную жизнь, но ничего у нее не вышло. Тогда она задала другой вопрос:

— Почему же они жили в глубине колодца?

— Еще чаю? — вдумчиво сказал Мартовский Заяц, обращаясь к Ане.

— Я совсем не пила,— обиделась Аня,— и потому не могу выпить еще.

— Если вы еще чаю не пили,—сказал Шляпник,—то вы можете еще чаю выпить.

— Никто не спрашивал вашего мнения,— воскликнула Аня.

— А кто теперь делает личные замечания?— проговорил Шляпник с торжествующим видом.

Аня не нашлась, что ответить. Она налила себе чаю и взяла хлеба с маслом. Потом она обратилась к Соне:

— Почему же они жили в глубине колодца?

Соня опять несколько минут подумал и наконец сказал:

— Это был сироповый колодец.

— Таких не бывает,—рассердилась было Аня, но Шляпник и Мартовский Заяц зашипели:

— Шш, шш!

А Соня, надувшись, пробормотал:

— Если вы не можете быть вежливы, то доканчивайте рассказ сами.

— Нет, пожалуйста, продолжайте,—сказала Аня очень смиренно.—Я не буду вас больше прерывать. Пожалуйста, хоть какой-нибудь рассказ!

— Какой-нибудь,—возмущенно просопел Соня. Однако он согласился продолжать:— Итак, эти три сестрички, которые, знаете, учились черпать...

— Что они черпали?—спросила Аня, забыв свое обещание.

— Сироп!—сказал Соня, уже вовсе не подумав.

— Я хочу чистую чашку,—перебил Шляпник,—давайте подвинемся.

Шляпник подвинулся, за ним Соня. Мартовскому Зайцу досталось место Сони. Аня же неохотно заняла стул Мартовского Зайца. Один Шляпник получил выгоду от этого перемещения: Ане было куда хуже, чем прежде, ибо Мартовский Заяц только что опрокинул кувшин с молоком в свою тарелку.

Аня очень боялась опять обидеть Соню, но все же решилась спросить:

— Но я не понимаю, откуда же они черпали сироп.

Тут заговорил Шляпник:

— Воду можно черпать из обыкновенного колодца? Можно. Отчего же нельзя черпать сироп из колодца сиропового — а, глупая?

— Но ведь они были в колодце, — обратилась она к Соне, пренебрегая последним замечанием.

— Конечно, — ответил Соня, — на самом дне.

Это так озадачило Аню, что она несколько минут не прерывала его.

— Они учились черпать и чертить, — продолжал он, зевая и протирая глаза (ему начинало хотеться спать), — черпали и чертили всякие вещи, все, что начинается с буквы М.

— Отчего именно с М? — спросила Аня.

— Отчего бы нет? — сказал Мартовский Заяц.

Меж тем Соня закрыл глаза и незаметно задремал; когда же Шляпник его хорошенько ущипнул, он проснулся с тоненьким визгом и скороговоркой продолжал:

— С буквы М, как, например, мышеловки, месяц, и мысли, и маловатости... видали ли вы когда-нибудь чертеж маловатости?

— Раз уж вы меня спрашиваете,— ответила Аня, чрезвычайно озадаченная,— то я должна сознаться, что никогда.

— В таком случае нечего перебивать,— сказал Шляпник.

Такую грубость Аня уже вытерпеть не могла; она возмущенно встала и удалилась. Соня тотчас же заснул опять, а двое других не обратили никакого внимания на ее уход, хотя она несколько раз оборачивалась, почти надеясь, что они попросят ее остаться. Оглянувшись последний раз, она увидела, как Шляпник и Мартовский Заяц стараются втиснуть Соню в чайник.

«Будет с меня! — думала Аня, пробираясь сквозь чащу.— Это был самый глупый чай, на котором я когда-либо присутствовала».

Говоря это, она вдруг заметила, что на одном стволе — дверь, ведущая внутрь. «Вот это странно! — подумала она.— Впрочем, все странно сегодня. Пожалуй, войду».

Сказано — сделано.

И опять она оказалась в длинном зале, перед стеклянным столиком. «Теперь я устроюсь лучше»,— сказала она себе и начала с того, что взяла золотой ключик и открыла дверь, ведущую в сад. Затем съела сбереженный кусочек гриба и, уменьшившись, вошла в узенький проход; тогда она очутилась в чудесном саду среди цветов и прохладных фонтанов.

Глава 8

Королева играет в крокет

Высокое розовое деревцо стояло у входа в сад. Розы на нем росли белые, но три садовника с озабоченным видом красили их в алый цвет. Это показалось Ане очень странным. Она приблизилась, чтобы лучше рассмотреть, и услыхала, как один из садовников говорил:

— Будь осторожнее, Пятерка! Ты меня всего обрызгиваешь краской.

— Я нечаянно,— ответил Пятерка кислым голосом.— Меня под локоть толкнул Семерка.

Семерка поднял голову и пробормотал:

— Так, так, Пятерка! Всегда сваливай вину на другого.

— Ты уж лучше молчи,— сказал Пятерка.— Я еще вчера слышал, как Королева говорила, что недурно было бы тебя обезглавить.

— За что?— полюбопытствовал тот, который заговорил первым.

— Это во всяком случае, Двойка, не твое дело!—сказал Семерка.

— Нет, врешь,—воскликнул Пятерка,—я ему расскажу: это было за то, что Семерка принес в кухню тюльпановых луковиц вместо простого лука.

Семерка в сердцах кинул кисть, но только он начал: «Это такая несправедливость...»—как взгляд его упал на Аню, смотревшую на него в упор, и он внезапно осекся. Остальные взглянули тоже, и все трое низко поклонились.

— Объясните мне, пожалуйста,—робко спросила Аня,—отчего вы красите эти розы?

Пятерка и Семерка ничего не ответила и поглядели на Двойку. Двойка заговорил тихим голосом:

— Видите ли, в чем дело, барышня: тут должно быть деревцо красных роз, а мы по ошибке посадили белое; если Королева это заметит, то она, знаете, прикажет всем нам отрубить головы. Так что, видите, барышня, мы прилагаем все усилия, чтобы до ее прихода...

Тут Пятерка, тревожно глядевший в глубину сада, крикнул:

— Королева!—И все три садовника разом упали ничком.

Близился шелест многих шагов, и Аня любопытными глазами стала искать Королеву.

Впереди шли десять солдат с пиками на плечах. Они, как и садовник, были совсем плоские, прямоугольные, с руками и ногами по углам. За ними следовали десять придворных с клеверными листьями в петлицах и десять шутов с бубнами. Затем появились королевские дети. Их было тоже десять. Малютки шли парами, весело под-

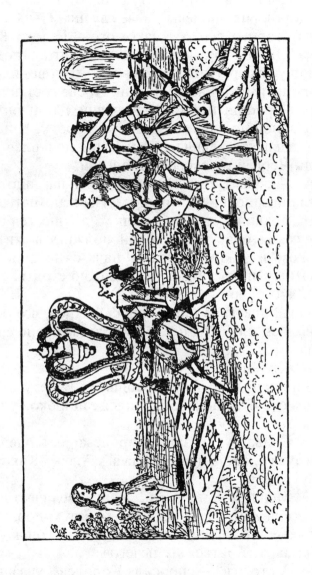

прыгивая, и на их одеждах были вышиты розовые сердца. За ними выступали гости (все больше короли и королевы), и между ними Аня заметила старого своего знакомого — Белого Кролика. Он что-то быстро-быстро лопотал, подергивал усиками, улыбался на все, что говорилось, и прошел мимо, не видя Ани. После гостей прошел Червонный Валет, несущий на пунцовой бархатной подушке рубиновую корону. И наконец, замыкая величавое шествие, появился Король Червей со своей Королевой.

Аня не знала, нужно ли ей пасть на лицо, как сделали садовники. Она не могла вспомнить такое правило. «Что толку в шествиях, — подумала она, — если люди должны ложиться ничком и таким образом ничего не видеть?» Поэтому она осталась неподвижно стоять, ожидая, что будет дальше.

Когда шествие поравнялось с Аней, все остановились, глядя на нее, а Королева грозно спросила:

— Кто это?

Вопрос был задан Червонному Валету, который в ответ только поклонился с широкой улыбкой.

— Болван, — сказала Королева, нетерпеливо мотнув головой, и обратилась к Ане: — Как тебя зовут, дитя?

— Меня зовут Аней, ваше величество, — ответила Аня очень вежливо, а затем добавила про себя: «В конце концов все они — только колода карт. Бояться их нечего».

— А кто эти? — спросила Королева, указав на трех садовников, неподвижно лежащих вокруг дерева. Так как они лежали ничком и так как крап на их спинах был точь-в-точь как на изнанке других карт, то Королева не могла узнать, кто они — садовники, солдаты, придворные или трое из ее же детей.

— А я почем знаю? — сказала Аня, дивясь своей смелости. — Мне до этого никакого дела нет!

Королева побагровела от ярости, выпучила на нее свои горящие волчьи глаза и рявкнула:

— Отрубить ей голову! Отруб...

— Ерунда! — промолвила Аня очень громко и решительно, и Королева замолкла.

Король тронул ее за рукав и кротко сказал:

— Рассуди, моя дорогая, ведь это же только ребенок.

Королева сердито отдернула руку и крикнула Валету:

— Переверни их!

Валет сделал это очень осторожно носком одной ноги.

— Встать! — взвизгнула Королева, и все три садовника мгновенно вскочили и стали кланяться направо и налево Королю, Королеве, их детям и всем остальным.

— Перестать! — заревела Королева. — У меня от этого голова кружится.

И, указав на розовое деревцо, она продолжала:

— Чем вы тут занимались?

— Ваше величество, — сказал Двойка униженным голосом и опустился на одно колено, — ваше величество, мы пробовали...

— Понимаю! — проговорила Королева, разглядывая розы. — Отрубить им головы!

И шествие двинулось опять. Позади остались

три солдата, которые должны были казнить садовников. Те подбежали к Ане, прося защиты.

— Вы не будете обезглавлены! — сказала Аня и посадила их в большой цветочный горшок, стоящий рядом.

Солдаты побродили, побродили, отыскивая осужденных, а затем спокойно догнали остальных.

— Головы отрублены? — крикнула Королева.

— Голов больше нет, ваше величество! — крикнули солдаты.

— Превосходно! — крикнула Королева. — В крокет умеешь?

Солдаты промолчали и обернулись к Ане, так как вопрос, очевидно, относился к ней.

— Да! — откликнулась Аня.

— Тогда иди! — грянула Королева, и Аня примкнула к шествию.

— Погода... погода сегодня хорошая! — проговорил робкий голос. Это был Белый Кролик. Он шел рядом с Аней и тревожно заглядывал ей в лицо.

— Очень хорошая, — согласилась Аня. — Где Герцогиня?

— Тише, тише, — замахал на нее Кролик. И, оглянувшись, он встал на цыпочки, приложил рот к ее уху и шепнул: — Она приговорена к смерти.

— За какую шалость? — осведомилась Аня.

— Вы сказали: «Какая жалость»? — спросил Кролик.

— Ничего подобного, — ответила Аня. — Мне вовсе не жалко. Я сказала: за что?

— Она выдрала Королеву за уши,—начал Кролик.

Аня покатилась со смеху.

— Ах, тише,—испуганно шепнул Кролик.— Ведь Королева услышит! Герцогиня, видите ли, пришла довольно поздно, и Королева сказала...

— По местам!—крикнула Королева громовым голосом, и мигом подчиненные разбежались во все стороны, наталкиваясь друг на друга и спотыкаясь. Вскоре порядок был налажен, и игра началась.

Аня никогда в жизни не видела такой странной крокетной площадки: она была вся в ямках и в бороздках; шарами служили живые ежи, молотками—живые фламинго.

Солдаты же, выгнув спины, стояли на четвереньках, изображая дужки.

Аня не сразу научилась действовать своим фламинго. Ей наконец удалось взять его довольно удобно, так что тело его приходилось ей под мышку, а ноги болтались сзади. Но как только она выпрямляла ему шею и собиралась головой его стукнуть по свернутому ежу—фламинго нет-нет да и выгнется назад, глядя ей в лицо с таким недоумением, что нельзя было не расхохотаться. Когда же она опять нагибала ему голову и собиралась начать сызнова, то с досадой замечала, что еж развернулся и тихонько уползает. Кроме того, всякие рытвины мешали ежу катиться, солдаты же то и дело раскрючивались и меняли места. Так что Аня вскоре пришла к заключению, что эта игра необычайно трудная.

Участники играли все сразу, не дожидаясь очереди, все время ссорились и дрались из-за ежей, и вскоре Королева была в неистовой ярости, металась, топала и не переставая орала:

— Отрубить голову, отрубить...

Ане становилось страшновато: правда, она с Королевой еще не поссорилась, но ссора могла

произойти каждую минуту. «Что тогда будет со мной? — подумала она. — Здесь так любят обезглавливать. Удивительно, что есть еще живые люди!»

Она посмотрела кругом, ища спасенья и рассуждая, удастся ли ей уйти незаметно, как вдруг ее поразило некое явление в воздухе. Вглядевшись, она поняла, что это не что иное, как широкая улыбка, и Аня подумала: «Масленичный Кот! Теперь у меня будет с кем потолковать».

— Как ваши дела? — спросил Кот, как только рот его окончательно наметился.

Аня выждала появления глаз и тогда кивнула. «Смысла нет говорить с ним, пока еще нет у него ушей или по крайней мере одного из них», —

сказала она про себя. Еще мгновенье — и обозначилась вся голова, и тогда Аня, выпустив своего фламинго, стала рассказывать о ходе игры, очень довольная, что у нее есть слушатель.

Кот решил, что он теперь достаточно на виду, и, кроме головы, ничего больше не появлялось.

— Я не нахожу, что играют они честно,— стала жаловаться Аня.— И так они все спорят, что оглохнуть можно. И в игре никаких определенных правил нет, а если они и есть, то во всяком случае никто им не следует, и вы не можете себе представить, какой происходит сумбур от того, что шары и все прочее — живые существа. Вот сейчас, например, та дуга, под которую нужно было пройти, разогнулась и вон там прогуливается. Нужно было моим ежом ударить по ежу Королевы, а тот взял да и убежал, когда мой к нему подкатил.

— Как вам нравится Королева? — тихо спросил Кот.

— Очень не нравится,— ответила Аня.— Она так ужасно...— тут Аня заметила, что Королева подошла сзади и слушает,— ...хорошо играет, что не может быть сомненья в исходе игры.

Королева улыбнулась и прошла дальше.

— С кем это ты говоришь? — спросил Король, приблизившись в свою очередь к Ане и с большим любопытством разглядывая голову Кота.

— Это один мой друг, Масленичный Кот,— объяснила Аня.— Позвольте его вам представить.

— Мне не нравится его улыбка,— сказал Король.— Впрочем, он, если хочет, может поцеловать мою руку.

— Предпочитаю этого не делать,— заметил Кот.

— Не груби! — воскликнул Король.— И не смотри на меня так!

Говоря это, он спрятался за Аню.

— Смотреть всякий может,— возразил Кот.

Король с решительным видом обратился к Королеве, которая как раз проходила мимо.

— Мой друг,— сказал он,— прикажи, пожалуйста, убрать этого Кота.

У Королевы был только один способ разрешить все затрудненья, великие и малые.

— Отрубить ему голову! — сказала она, уже не оборачиваясь.

— Я пойду сам за палачом,— с большой готовностью воскликнул Король и быстро удалился.

Аня решила вернуться на крокетную площадку, чтобы посмотреть, как идет игра. Издали доносился голос Королевы, которая орала в яростном исступлении.

Несколько игроков уже были присуждены к смерти за несоблюдение очереди, и стояла такая сумятица, что Аня не могла разобрать, кому играть следующим. Однако она пошла отыскивать своего ежа.

Еж был занят тем, что дрался с другим ежом, и это показалось Ане отличным случаем, чтобы стукнуть одного об другого; но, к несчастью, ее молоток, то есть фламинго, перешел на другой конец сада, и Аня видела, как он, беспомощно хлопая крыльями, тщетно пробовал взлететь на деревцо.

Когда же она поймала его и принесла обратно, драка была кончена и оба ежа исчезли. «Впрочем, это неважно,— подумала Аня.— Все равно ушли все дуги с этой стороны площадки».

И, ловко подоткнув птицу под мышку, так чтобы она не могла больше удрать, Аня пошла поговорить со своим другом.

Вернувшись к тому месту, где появился Масленичный Кот, она с удивлением увидела, что вокруг него собралась большая толпа. Шел оживленный спор между палачом, Королем и Королевой, которые говорили все сразу. Остальные же были совершенно безмолвны и казались в некотором смущении.

Как только Аня подошла, все трое обратились к ней с просьбой разрешить вопрос и повторили свои доводы, но, так как они говорили все сразу, Аня не скоро могла понять, в чем дело.

Довод палача был тот, что нельзя отрубить голову, если нет тела, с которого можно ее отрубить, что ему никогда в жизни не приходилось это делать и что он в свои годы не намерен за это приниматься.

Довод Короля был тот, что все, что имеет голову, может быть обезглавлено и что «ты, мол, порешь чушь».

Довод Королевы был тот, что, если «сию, сию, сию, сию же минуту что-нибудь не будет сделано», она прикажет казнить всех окружающих (это-то замечание и было причиной того, что у всех был такой унылый и тревожный вид).

Аня могла ответить только одно:

— Кот принадлежит Герцогине. Вы бы лучше ее спросили.

— Она в тюрьме,—сказала Королева палачу.— Приведи ее сюда.

И палач пустился стрелой.

Тут голова Кота стала таять, и, когда наконец привели Герцогиню, ничего уж не было видно. Король и палач еще долго носились взад и вперед, отыскивая приговоренного, остальные же пошли продолжать прерванную игру.

Глава 9

Повесть Чепупахи

— Ты не можешь себе представить, как я рада видеть тебя, моя милая деточка!—сказала Герцогиня, ласково взяв Аню под руку.

Ане было приятно найти ее в таком благодушном настроении. Она подумала, что это, вероятно, перец делал ее такой свирепой тогда, в кухне.

«Когда я буду герцогиней,—сказала она про себя (не очень, впрочем, на это надеясь),—у меня в кухне перца вовсе не будет. Суп без перца и так хорош. Быть может, именно благодаря перцу люди становятся так вспыльчивы,— продолжала она, гордясь тем, что нашла новое правило.— А уксус заставляет людей острить, а лекарства оставляют в душе горечь, а сладости придают мягкость нраву. Ах, если б люди знали эту последнюю истину! Они стали бы щедрее в этом отношении...»

Аня так размечталась, что совершенно забыла присутствие Герцогини и вздрогнула, когда около самого уха услыхала ее голос.

— Ты о чем-то думаешь, моя милочка, и потому молчишь. Я сейчас не припомню, как мораль этого, но, вероятно, вспомню через минуточку.

— Может быть, и нет морали,—заметила было Аня.

— Стой, стой, деточка,—сказала Герцогиня,—у всякой вещи есть своя мораль — только нужно ее найти.

И она, ластясь к Ане, плотнее прижалась к ее боку.

Такая близость не очень нравилась Ане: во-первых, Герцогиня была чрезвычайно некрасива, а во-вторых, подбородок ее как раз приходился Ане к плечу, и это был острый, неудобный подбородок. Однако Ане не хотелось быть невежливой, и поэтому она решилась терпеть.

— Игра идет теперь немного глаже,—сказала она, чтобы поддержать разговор.

— Сие верно,—ответила Герцогиня,—и вот мораль этого: любовь, любовь, одна ты вертишь миром!

— Кто-то говорил,—ехидно шепнула Аня,— что мир вертится тогда, когда каждый держится своего дела.

— Ну что ж, значенье более или менее то же,—сказала Герцогиня, вдавливая свой остренький подбородок Ане в плечо.—И мораль этого: слова есть—значенье темно иль ничтожно.

«И любит же она из всего извлекать мораль!»—подумала Аня.

— Я чувствую, ты недоумеваешь, отчего это я не беру тебя за талию,—проговорила Герцогиня после молчанья.— Дело в том, что я не уверена в характере твоего фламинго. Произвести ли этот опыт?

— Он может укусить,— осторожно ответила Аня, которой вовсе не хотелось, чтобы опыт был произведен.

— Справедливо,— сказала Герцогиня,— фламинго и горчица — оба кусаются. Мораль: у всякой пташки свои замашки.

— Но ведь горчица — не птица,— заметила Аня.

— И то,— сказала Герцогиня.— Как ясно ты умеешь излагать мысли!

— Горчица — ископаемое, кажется,— продолжала Аня.

— Ну конечно,— подхватила Герцогиня, которая, по-видимому, готова была согласиться с Аней, что бы та ни сказала.— Тут недалеко производятся горчичные раскопки. И мораль этого: не копайся!

— Ах, знаю!— воскликнула Аня, не слушая.— Горчица — овощ. Не похожа на овощ, а все-таки овощ.

— Я совершенно такого же мненья,— сказала Герцогиня.— Мораль: будь всегда сама собой. Или проще: не будь такой, какой ты кажешься таким, которым кажется, что ты такая, какой ты кажешься, когда кажешься не такой, какой была бы, если б была не такой.

— Я бы лучше поняла, если б могла это записать,— вежливо проговорили Аня.— А так я не совсем услежу за смыслом ваших слов.

— Это ничего по сравнению с тем, что я могу сказать,— самодовольно ответила Герцогиня.

— Ах, не трудитесь сказать длиннее! — воскликнула Аня.

— Тут не может быть речи о труде, — сказала Герцогиня. — Дарю тебе все, что я до сих пор сказала.

«Однако, подарок! — подумала Аня. — Хорошо, что на праздниках не дарят такой прелести». Но это сказать громко она не решилась.

— Мы опять задумались? — сказала Герцогиня, снова ткнув остреньким подбородком.

— Я вправе думать, — резко ответила Аня, которая начинала чувствовать раздражение.

— Столько же вправе, сколько свиньи вправе лететь, и мор...

Тут, к великому удивлению Ани, голос Герцогини замолк, оборвавшись на любимом слове, и рука, державшая ее под руку, стала дрожать. Аня подняла голову: перед ними стояла Королева и, скрестив руки, насупилась, как грозовая туча.

— Прекрасная сегодня погодка, ваше величество, — заговорила Герцогиня тихим, слабым голосом.

— Предупреждаю! — грянула Королева, топнув ногой. — Или ты, или твоя голова сию минуту должны исчезнуть. Выбирай!

Герцогиня выбрала первое и мгновенно удалилась.

— Давай продолжать игру, — сказала Королева, обратившись к Ане. И Аня была так перепугана, что безмолвно последовала за ней по направлению к крокетной площадке. Остальные гости, воспользовавшись отсутствием Королевы, отдыхали в тени деревьев. Однако, как только она появилась, они поспешили вернуться к игре, причем Королева вскользь заметила, что, будь дальнейшая задержка, она их всех казнит.

В продолжение всей игры Королева не переставая ссорилась то с одним, то с другим и орала: «Отрубить ему голову». Приговоренного уводили солдаты, которые при этом должны были, конечно, переставать быть дугами, так что не прошло и полчаса, как на площадке не оставалось более ни одной дужки и уж все игроки, кроме королевской четы и Ани, были приговорены к смерти. Тогда, тяжело переводя дух, Королева обратилась к Ане:

— Ты еще не была у Чепупахи?

— Нет,— ответила Аня.— Я даже не знаю, что это.

— Это то существо, из которого варится поддельный черепаховый суп,— объяснила Королева.

— В первый раз слышу,— воскликнула Аня.

— Так пойдем,— сказала Королева,— Чепупаха расскажет тебе свою повесть.

Они вместе удалились, и Аня успела услышать, как Король говорил тихим голосом, обращаясь ко всем окружающим:

— Вы все прощены.

«Вот это хорошо»,— подумала Аня. До этого ее очень угнетало огромное число предстоящих казней.

Вскоре они набрели на Грифа, который спал на солнцепеке.

— Встать, лежебока!— сказала Королева.— Изволь проводить барышню к Чепупахе, и пусть та расскажет ей свою повесть. Я должна вернуться, чтобы присутствовать при нескольких казнях, которые я приказала привести в исполнение немедленно.

И она ушла, оставив Аню одну с Грифом.

С виду животное это казалось пренеприятным, но Аня рассудила, что все равно, с кем быть — с ним или со свирепой Королевой.

Гриф сел и протер глаза. Затем смотрел некоторое время вслед Королеве, пока та не скрылась, и тихо засмеялся.

— Умора! — сказал Гриф не то про себя, не то обращаясь к Ане.

— Что — умора? — спросила Аня.

— Да вот она, — ответил Гриф, потягиваясь. — Это, знаете ль, все ее воображенье: никого ведь не казнят. Пойдем!

— Все тут говорят — пойдем! Никогда меня так не туркали, никогда!

Спустя несколько минут ходьбы они увидели вдали Чепупаху, которая сидела грустная и одинокая на небольшой скале. А приблизившись, Аня расслышала ее глубокие, душу раздирающие вздохи. Ей стало очень жаль ее.

— Какая у нее печаль? — спросила она у Грифа, и Гриф отвечал почти в тех же словах, что и раньше:

— Это все ее воображенье. У нее, знаете, никакого и горя нет!

Они подошли к Чепупахе, которая посмотрела на них большими телячьими глазами, полными слез, но не проронила ни слова.

— Вот эта барышня,— сказал Гриф,— желает услышать твою повесть.

— Я все ей расскажу,— ответила Чепупаха глубоким, гулким голосом.— Садитесь вы оба сюда и молчите, пока я не кончу.

Сели они, и наступило довольно долгое молчанье. Аня подумала: «Я не вижу, как она может кончить, если не начнет». Но решила терпеливо ждать.

— Некогда,— заговорила наконец Чепупаха, глубоко вздохнув,— я была настоящая черепаха.

Снова долгое молчанье, прерываемое изредка возгласами Грифа — хкрр, хкрр — и тяжкими всхлипами Чепупахи.

Аня была близка к тому, чтобы встать и сказать: «Спасибо, сударыня, за ваш занимательный рассказ», но все же ей казалось, что должно же быть что-нибудь дальше, и потому она оставалась сидеть смирно и молча ждала.

— Когда мы были маленькие,— соизволила продолжать Чепупаха, уже спокойнее, хотя все же всхлипывая по временам,— мы ходили в школу на дне моря. У нас был старый, строгий учитель, мы его звали Молодым Спрутом.

— Почему же вы звали его молодым, если он был стар? — спросила Аня.

— Мы его звали так потому, что он всегда был с прутиком,— сердито ответила Чепупаха.— Какая вы, право, тупая!

— Да будет вам, стыдно задавать такие глупые вопросы!—добавил Гриф.

И затем они оба молча уставились на бедняжку, которая готова была провалиться сквозь землю. Наконец Гриф сказал Чепупахе:

— Валяй, старая! А то никогда не окончишь.

И Чепупаха опять заговорила:

— Мы ходили в школу на дне моря—верьте не верьте...

— Я не говорила, что не верю,—перебила Аня.

— Говорили,—сказала Чепупаха.

— Прикуси язык,—добавил Гриф, не дав Ане возможности возразить.

Чепупаха продолжала:

— Мы получали самое лучшее образование—мы ходили в школу ежедневно.

— Я это тоже делала,— сказала Аня.— Нечего вам гордиться этим.

— А какие были у вас предметы? — спросила Чепупаха с легкой тревогой.

— Да всякие,— ответила Аня,— география, французский...

— И поведение? — осведомилась Чепупаха.

— Конечно нет! — воскликнула Аня.

— Ну так ваша школа была не такая хорошая, как наша,— сказала Чепупаха с видом огромного облегчения.— У нас, видите ли, на листке с отметками стояло между прочими предметами и «поведение».

— И вы прошли это? — спросила Аня.

— Плата за этот предмет была особая, слишком дорогая для меня,— вздохнула Чепупаха.— Я проходила только обычный курс.

— Чему же вы учились? — полюбопытствовала Аня.

— Сперва, ненечно,— чесать и питать. Затем были четыре правила арифметики: служенье, выметанье, уморженье и пиленье.

— Я никогда не слышала об уморженье,— робко сказала Аня.— Что это такое?

Гриф удивленно поднял лапы к небу.

— Крота можно укротить? — спросил он.

— Да... как будто можно,— ответила Аня неуверенно.

— Ну так, значит, и моржа можно уморжить,— продолжал Гриф.— Если вы этого не понимаете, вы просто дурочка.

Аня почувствовала, что лучше переменить разговор. Она снова обратилась к Чепупахе:

— Какие же еще у вас были предметы?

— Много еще,— ответила та.— Была, например, лукомория, древняя и новая, затем — арфография (это мы учились на арфе играть), затем делали мы гимнастику. Самое трудное было — язвительное наклонение.

— На что это было похоже? — спросила Аня.

— Я не могу сама показать, — сказала Чепупаха. — Суставы мои утратили свою гибкость. А Гриф никогда этому не учился.

— Некогда было, — сказал Гриф. — Я ходил к другому учителю — к Карпу Карповичу.

— Я никогда у него не училась, — вздохнула Чепупаха. — Он, говорят, преподавал Ангельский язык.

— Именно так, именно так, — проговорил Гриф, в свою очередь вздохнув. И оба зверя закрылись лапками.

— А сколько в день у вас было уроков? — спросила Аня, спеша переменить разговор.

— У нас были не уроки, а укоры, — ответила Чепупаха. — Десять укоров первый день, девять — в следующий и так далее.

— Какое странное распределенье! — воскликнула Аня.

— Поэтому они и назывались укорами — укорачивались, понимаете? — заметил Гриф.

Аня подумала над этим. Потом сказала:

— Значит, одиннадцатый день был свободный?

— Разумеется, — ответила Чепупаха.

— А что же вы делали потом, в двенадцатый день? — с любопытством спросила Аня.

— Ну, довольно об этом! — решительным тоном перебил Гриф. — Расскажи ей теперь о своих играх.

Глава 10

Омаровая кадриль

Чепупаха глубоко вздохнула и плавником стерла слезу. Она посмотрела на Аню и попыталась говорить, но в продолжение двух-трех минут ее душили рыданья.

— Совсем будто костью подавилась! — заметил Гриф, принимаясь ее трясти и хлопать по спине.

Наконец к Чепупахе вернулся голос. И, обливаясь слезами, она стала рассказывать:

— Может быть, вы никогда не жили на дне моря («Не жила», — сказала Аня), и, может быть, вас никогда даже не представляли Омару (Аня начала было: «Я как-то попроб...» — но осеклась и сказала: «Нет, никогда!»). Поэтому вы просто не можете себе вообразить, что это за чудесная штука — Омаровая кадриль.

— Да, никак не могу, — ответила Аня. — Скажите, что это за танец?

— Очень просто, — заметил Гриф. — Вы, значит, сперва становитесь в ряд на морском берегу...

— В два ряда! — крикнула Чепупаха. — Моржи, черепахи и так далее. Затем, очистив место от медуз («Это берет некоторое время», — вставил Гриф), вы делаете два шага вперед...

— Под руку с омаром, — крикнул Гриф.

— Конечно, — сказала Чепупаха.

— Два шага вперед, кланяетесь, меняетесь омарами и назад в том же порядке, — продолжал Гриф.

— Затем, знаете,— сказала Чепупаха,— вы закидываете...

— Омаров,— крикнул Гриф, высоко подпрыгнув.

— Как можно дальше в море...

— Плаваете за ними,— взревел Гриф.

— Вертитесь кувырком в море,— взвизгнула Чепупаха, неистово скача.

— Меняетесь омарами опять,— грянул Гриф.

— И назад к берегу — и это первая фигура,— сказала Чепупаха упавшим голосом, и оба зверя, все время прыгавшие как сумасшедшие, сели опять печально и тихо и взглянули на Аню.

— Это, должно быть, весьма красивый танец,— робко проговорила Аня.

— Хотели ли бы вы посмотреть?— спросила Чепупаха.

— С большим удовольствием,— сказала Аня.

— Иди, давай попробуем первую фигуру,— обратилась Чепупаха к Грифу.— Мы ведь можем обойтись без омаров. Кто будет петь?

— Ты пой,— сказал Гриф.— Я не помню слов.

И вот они начали торжественно плясать вокруг Ани, изредка наступая ей на ноги, когда подходили слишком близко, и отбивая такт огромными лапами, между тем как Чепупаха пела очень медленно и уныло:

> *Ты не можешь скорей подвигаться?—*
> *Обратилась к Улитке Треска.—*
> *Каракатица катится сзади,*
> *Наступая на хвост мне слегка.*
> *Увлекли черепахи омаров*
> *И пошли выкрутасы писать.*

Мы у моря тебя ожидаем,
Приходи же и ты поплясать.
Ты не хочешь, скажи, ты не хочешь,
Ты не хочешь, скажи, поплясать?
Ты ведь хочешь, скажи, ты ведь хочешь,
Ты ведь хочешь, скажи, поплясать?

Ты не знаешь, как будет приятно,
Ах, приятно! Когда в вышину
Нас подкинут с омарами вместе
И — бултых! — в голубую волну!
Далеко, отвечает Улитка,
Далеко ведь нас будут бросать.
Польщена, говорит, предложеньем,
Но прости, мол, не тянет плясать.
Не хочу, не могу, не хочу я,
Не могу, не хочу я плясать.
Не могу, не хочу, не могу я,
Не хочу, не могу я плясать.

Но чешуйчатый друг возражает:
Отчего ж не предаться волне?
Этот берег ты любишь, я знаю,
Но другой есть — на той стороне.

Чем от берега этого дальше,
Тем мы ближе к тому, так сказать,
Не бледней, дорогая Улитка,
И скорей приходи поплясать.
Ты не хочешь, скажи, ты не хочешь,
Ты не хочешь, скажи, поплясать?
Ты ведь хочешь, скажи, ты ведь хочешь,
Ты ведь хочешь, скажи, поплясать?

— Спасибо, мне этот танец очень понравился,— сказала Аня, довольная, что представление кончено.— И как забавна эта песнь о треске.

— Кстати, насчет трески,— сказала Чепупаха.— Вы, конечно, знаете, что это такое.

— Да,— ответила Аня,— я ее часто видела во время обеда.

— В таком случае, если вы так часто с ней обедали, то вы знаете, как она выглядит?— продолжала Чепупаха.

— Кажется, знаю,— проговорила Аня задумчиво.— Она держит хвост во рту и вся облеплена крошками.

— Нет, крошки тут ни при чем,— возразила Чепупаха.— Крошки смыла бы вода. Но действительно, хвост у нее во рту, и вот почему,— тут Чепупаха зевнула и прикрыла глаза.— Объясни ей причину и все такое,— обратилась она к Грифу.

— Причина следующая,— сказал Гриф.— Треска нет-нет да и пойдет танцевать с омарами. Ну и закинули ее в море. А падать было далеко. А хвост застрял у нее во рту. Ну и не могла его вынуть. Вот и все.

Аня поблагодарила.

— Это очень интересно. Я никогда не знала так много о треске.

— Я могу вам еще кое-что рассказать, если хотите,— предложил Гриф.— Знаете ли вы, например, откуда происходит ее названье?

— Никогда об этом не думала,— сказала Аня.— Откуда?

— Она трещит и трескается,— глубокомысленно ответил Гриф.

Аня была окончательно озадачена.

— Трескается,— повторила она удивленно.— Почему?

— Потому что она слишком много трещит,— объяснил Гриф.

— Я думала, что рыбы немые,— шепнула Аня.

— Как бы не так,— воскликнул Гриф.— Вот есть, например, белуга. Та прямо ревет. Оглушительно.

— Раки тоже кричат,— добавила Чепупаха.— Особенно когда им показывают, где зимовать. При этом устраиваются призрачные гонки.

— Отчего призрачные? — спросила Аня.

— Оттого, что приз рак выигрывает,— ответила Чепупаха.

Аня собиралась еще спросить что-то, но тут вмешался Гриф.

— Расскажите-ка нам о ваших приключеньях,— сказал он.

— Я могу вам рассказать о том, что случилось со мной сегодня,— начала Аня.— О вчерашнем же нечего говорить, так как вчера я была другим человеком.

— Объяснитесь! — сказала Чепупаха.

— Нет, нет! Сперва приключенья,— нетерпеливо воскликнул Гриф.—Объясненья всегда занимают столько времени.

И Аня стала рассказывать обо всем, что она испытала с того времени, как встретила Белого Кролика. Сперва ей было страшновато — оба зверя придвигались так близко, выпучив глаза и широко разинув рты,— но потом она набралась смелости. Слушатели ее сидели совершенно безмолвно, и только когда она дошла до того, как Гусеница заставила ее прочитать «Скажи-ка, дядя» и как вышло совсем не то,— только тогда Чепупаха со свистом втянула воздух и проговорила:

— Как это странно!

— Прямо скажу — странно,— подхватил Гриф.

— Я бы хотела, чтобы она и теперь прочитала что-нибудь наизусть. Скажи ей начать!

И Чепупаха взглянула на Грифа, словно она считала, что ему дана известная власть над Аней.

— Встаньте и прочитайте «Как ныне сбирается»,—сказал Гриф.

«Как все они любят приказывать и заставлять повторять уроки!—подумала Аня.—Не хуже, чем в школе!»

Однако она встала и стала читать наизусть, но голова ее была так полна Омаровой кадрилью, что она едва знала, что говорит, и слова были весьма любопытны:

Как дыня, вздувается вещий Омар.
«Меня,— говорит он,— ты бросила в жар;
Ты кудри мои вырываешь и ешь,
Осыплю я перцем багровую плешь».

Омар! Ты порою смеешься, как еж,
Акулу акулькой с презреньем зовешь;
Когда же и вправду завидишь акул,
Ложишься ничком под коралловый стул.

— Это звучит иначе, чем то, что я учил в детстве,— сказал Гриф.

— А я вообще никогда ничего подобного не слышала,— добавила Чепупаха.— Мне кажется, это необыкновенная ерунда.

Аня сидела молча. Она закрыла лицо руками и спрашивала себя, станет ли жизнь когда-нибудь снова простой и понятной.

— Я требую объясненья,— заявила Чепупаха.

— Она объяснить не может,— поспешно вставил Гриф и обратился к Ане:— Продолжай!

— Но как же это он прячется под стул,— настаивала Чепупаха.— Его же все равно было бы видно между ножками стула.

— Я ничего не знаю,— ответила Аня. Она вконец запуталась и жаждала переменить разговор.

— Продолжай! — повторил Гриф.— Следующая строфа начинается так: «Скажи мне, кудесник...»

Аня не посмела ослушаться, хотя была уверена, что опять слова окажутся не те, и продолжала дрожащим голосом:

Я видел,— сказал он,— как, выбрав лужок,
Сова и пантера делили пирог:
Пантера за тесто, рыча, принялась,
Сове же на долю тарелка пришлась.
Окончился пир — и сове, так и быть,
Позволили ложку в карман положить.

Пантере же дали и вилку, и нож.
Она зарычала и съела — кого ж?

— Что толку повторять такую белиберду? — перебила Чепупаха. — Как же я могу знать, кого съела пантера, если мне не объясняют? Это головоломка какая-то!

— Да, вы уж лучше перестаньте, — заметил Гриф, к великой радости Ани. — Не показать ли вам вторую фигуру Омаровой кадрили? — продолжал он. — Или же вы хотели бы, чтобы Чепупаха вам что-нибудь спела?

— Пожалуйста, спойте, любезная Чепупаха, — взмолилась Аня так горячо, что Гриф даже обиделся.

— Гм! У всякого свой вкус! Спой-ка ей, матушка, «Черепаховый суп».

Чепупаха глубоко вздохнула и, задыхаясь от слез, начала петь следующее:

Сказочный суп — ты зелен и прян.
Тобой наполнен горячий лохан!
Кто не отведает? Кто так глуп?
Суп мой вечерний, сказочный суп,
Суп мой вечерний, сказочный суп!
 Ска-азочный су-уп,
 Ска-азочный су-уп,
Су-уп мой вечерний,
Ска-азочный, ска-азочный суп!
Сказочный суп — вот общий клич!
Кто предпочтет рыбу или дичь?
Если б не ты, то, право, насуп-
Ился бы мир, о, сказочный суп!
Сбился бы мир, о, сказочный суп!
 Ска-азочный су-уп,
 Ска-азочный су-уп,
Су-уп мой вечерний,
Ска-азочный, ска-азочный СУП!

— Снова припев! — грянул Гриф, и Чепупаха принялась опять петь, как вдруг издали донесся крик:

— Суд начинается!

— Скорей! — взвизгнул Гриф и, схватив Аню за руку, понесся по направлению крика, не дожидаясь конца песни.

— Кого судят? — впопыхах спрашивала Аня, но Гриф только повторял: «Скорей!» — и все набавлял ходу. И все тише и тише звучали где-то позади обрывки унылого припева:

Су-уп мой вечерний,
Ска-азочный, ска-азочный суп!

Глава 11

Кто украл пирожки?

Король Червей и его Королева уже восседали на тронах, когда они добежали. Кругом теснилась громадная толпа — всякого рода звери и птицы, а также и вся колода карт: впереди выделялся Валет, в цепях, оберегаемый двумя солдатами, а рядом с Королем стоял Белый Кролик, держа в одной руке тонкую трубу, а в другой пергаментный свиток. Посредине залы суда был стол, а на нем большая тарелка с пирожками: они казались такими вкусными, что, глядя на них, Аня ощущала острый голод. «Поскорее кончилось бы, — подумала она, — поскорее бы начали раздавать угощенье». Но конец, по-видимому, был неблизок, и Аня от нечего делать стала глядеть по сторонам.

Ей никогда раньше не приходилось бывать на суде, но она кое-что знала о нем по книжкам, и теперь ей было приятно, что она может назвать различные должности присутствующих.

«Это судья,— сказала она про себя,— он в мантии и парике».

Судьей, кстати сказать, был Король, и так как он надел корону свою на парик (посмотрите на картинку, если хотите знать, как он ухитрился это сделать), то, видимо, ему было чрезвычайно неудобно, а уж как ему это шло — посудите сами.

Рядом с Аней на скамеечке сидела кучка зверьков и птичек.

«Это скамейка присяжников»,— решила она. Слово это она повторила про себя два, три раза с большой гордостью. Еще бы! Немногие девочки ее лет знают столько о суде, сколько она знала. Впрочем, лучше было бы сказать: «скамья присяжных».

Все двенадцать присяжников деловито писали что-то на грифельных досках.

— Что они делают?—шепотом спросила Аня у Грифа.— Ведь суд еще не начался, записывать нечего.

— Они записывают свои имена,—шепнул в ответ Гриф,—боятся, что забудут их до конца заседания.

— Вот глупые!—громко воскликнула Аня и хотела в возмущении добавить что-то, но тут Белый Кролик провозгласил:

— Соблюдайте молчанье!

И Король напялил очки и тревожно поглядел кругом, чтобы увидеть, кто говорит.

Аня, стоя за присяжниками, заметила, что все они пишут на своих досках: «Вот глупые!» Крайний не знал, как пишется «глупые», и обратился к соседу, испуганно хлопая глазами.

«В хорошеньком виде будут у них доски по окончании дела!» — подумала Аня.

У одного из присяжников скрипел карандаш. Переносить это Аня, конечно, не могла, и, улучив минуту, она протянула руку через его плечо и выдернула у него карандаш. Движение это было настолько быстро, что бедный маленький присяжник (не кто иной, как Яша-Ящерица) никак не мог понять, куда карандаш делся. Он тщетно искал его — и наконец был принужден писать пальцем.

А это было ни к чему, так как никакого следа на доске не оставалось.

— Глашатай, прочти обвиненье! — приказал Король.

Тогда Белый Кролик протрубил трижды и, развернув свой пергаментный список, прочел следующее:

Дама Червей для сердечных гостей
В летний день напекла пирожков.
Но пришел Валет, и теперь их нет;
Он — хвать — и был таков!

— Обсудите приговор, — сказал Король, обращаясь к присяжникам.

— Не сейчас, не сейчас! — поспешно перебил Кролик. — Еще есть многое, что нужно до этого сделать.

— Вызови первого свидетеля, — сказал Король.

И Белый Кролик трижды протрубил и провозгласил:

— Первый свидетель!

Первым свидетелем оказался Шляпник. Он явился с чашкой чая в одной руке, с куском хлеба в другой и робко заговорил:

— Прошу прощенья у вашего величества за то, что я принес это сюда, но дело в том, что я еще не кончил пить чай, когда меня позвали.

— Пора было кончить,— сказал Король.— Когда ты начал?

Тот посмотрел на Мартовского Зайца, который под руку с Соней тоже вошел в зал.

— Четырнадцатого Мартобря, кажется,— ответил он.

— Четырнадцатого,— подтвердил Мартовский Заяц.

— Шестнадцатого,— пробормотал Соня.

— Отметьте,— обратился Король к присяжникам, и те с радостью записали все три ответа один под другим, потом сложили их и вышло: 44 копейки.

— Сними свою шляпу! — сказал Король Шляпнику.

— Это не моя,— ответил Шляпник.

— Украл! — воскликнул Король, и присяжники мгновенно отметили это.

— Я шляпы держу для продажи,— добавил Шляпник в виде объяснения.— Своих у меня вовсе нет. Я — шляпник.

Тут Королева надела очки и стала в упор смотреть на свидетеля, который побледнел и заерзал.

— Дай свои показанья,— сказал Король,— и

не ерзай, а то я прикажу казнить тебя тут же.

Это не очень подбодрило Шляпника. Он продолжал переступать с ноги на ногу, тревожно поглядывая на Королеву. В своем смущении он откусил большой кусок чашки, вместо хлеба.

В ту же минуту Аню охватило странное ощущение, которое сначала ее очень озадачило. И вдруг они поняла, в чем дело: она снова начала расти. Ей пришло в голову, что лучше покинуть залу, но потом она решила остаться, пока хватит места.

— Ух, вы меня совсем придавили,— пробурчал Соня, сидящий рядом с ней.— Я еле могу дышать.

— Не моя вина,— кротко ответила Аня.— Я, видите ли, расту.

— Вы не имеете права расти здесь,— сказал Соня.

— Ерунда! — перебила Аня, набравшись смелости.— Вы небось тоже растете.

— Да, но разумным образом,— возразил Соня,— не раздуваюсь, как вы.

И он сердито встал и перешел на другой конец залы.

Все это время Королева не переставала глазеть на Шляпника, и вдруг она сказала, обращаясь к одному из стражников:

— Принеси-ка мне список певцов, выступавших на последнем концерте.

Шляпник так задрожал, что скинул оба башмака.

— Дай свои показанья,— грозно повторил Король,— иначе будешь казнен, несмотря на твое волненье.

— Я бедный человек, ваше величество,—
залепетал Шляпник.—Только что я начал пить
чай, а тут хлеб, так сказать, тоньше делается,
да и в голове стало сыро.

— Можно обойтись без сыра,—перебил Король.

— А тут стало еще сырее, так сказать,—
продолжал Шляпник, заикаясь.

— Ну и скажи так!—крикнул Король.—За
дурака, что ли, ты меня принимаешь!

— Я бедный человек,—повторил Шляпник.—
И в голове еще не то случалось, но тут Мартовский Заяц сказал, что...

— Я этого не говорил,—поспешно перебил
Мартовский Заяц.

— Говорил!—настаивал Шляпник.

— Я отрицаю это!—воскликнул Мартовский
Заяц.

— Он отрицает,—проговорил Король,—
выпусти это место.

— Во всяком случае Соня сказал, что...—И
тут Шляпник с тревогой посмотрел на товари-
ща, не станет ли и он отрицать. Но Соня не от-
рицал ничего, ибо спал крепким сном.—После
этого,—продолжал Шляпник,—я нарезал себе
еще хлеба.

— Но что же Соня сказал?—спросил один из
присяжников.

— То-то и есть, что не могу вспомнить,—
ответил Шляпник.

— Ты должен вспомнить,—заметил Король,—иначе будешь обезглавлен.

Несчастный Шляпник уронил свою чашку
и хлеб и опустился на одно колено.

— Я бедный человек, ваше величество,— начал он.

— У тебя язык беден,— сказал Король.

Тут одна из морских свинок восторженно зашумела и тотчас была подавлена стражниками. (Делалось это так: у стражников были большие холщовые мешки, отверстия которых стягивались веревкой. В один из них они и сунули вниз головой морскую свинку, а затем на нее сели.)

«Я рада, что видела, как это делается,— подумала Аня.— Я так часто читала в газете после описания суда: были некоторые попытки выразить ободрение, но они были сразу же подавлены. До сих пор я не понимала, что это значит».

— Если тебе больше нечего сказать,— продолжал Король,— можешь встать на ноги.

— Я и так стою, только одна из них согнута,— робко заметил Шляпник.

— В таком случае встань на голову,— отвечал Король.

Тут заликовала вторая морская свинка и была подавлена.

— Ну вот, с морскими свинками покончено, теперь дело пойдет глаже.

— Я предпочитаю допить свой чай,— проговорил Шляпник, неуверенно взглянув на Королеву, которая углубилась в список певцов.

— Можешь идти,— сказал Король.

Шляпник торопливо покинул залу, оставив башмаки.

— И обезглавьте его при выходе! — добавила

Королева, обращаясь к одному из стражников; но Шляпник уже был далеко.

— Позвать следующего свидетеля,—сказал Король.

Выступила Кухарка Герцогини. Она в руке держала перечницу, так что Аня сразу ее узнала. Впрочем, можно было угадать ее присутствие и раньше: публика зачихала, как только открылась дверь.

— Дай свое показанье,—сказал Король.

— Не дам!—отрезала Кухарка.

Король в нерешительности посмотрел на Кролика; тот тихо проговорил:

— Ваше величество должно непременно ее допросить.

— Надо так надо,—уныло сказал Король, и, скрестив руки, он угрюмо уставился на Кухарку, так насупившись, что глаза его почти исчезли. Наконец он спросил глубоким голосом:— Из чего делают пирожки?

— Из перца главным образом,—ответила Кухарка.

— Из сиропа,—раздался чей-то сонный голос.

— За шиворот его!—заорала Королева.— Обезглавить его! Вышвырнуть его отсюда! Подавить! Защипать! Отрезать ему уши!

В продолжение нескольких минут зал был в полном смятении: выпроваживали Соню. Когда же его вывели и все затихли снова, оказалось, что Кухарка исчезла.

— Это ничего,—сказал Король с видом огромного облегчения.—Позвать следующего свидетеля.

И он добавил шепотом, обращаясь к Королеве:

— Знаешь, милая, ты бы теперь занялась этим. У меня просто лоб заболел.

Аня с любопытством следила за Кроликом. «Кто же следующий свидетель? — думала она.— До сих пор допрос ни к чему не привел».

Каково же было ее удивление, когда Кролик провозгласил высоким, резким голосом:

— Аня!

Глава 12

Показание Ани

— Я здесь! — крикнула Аня, и, совершенно забыв в своем волнении о том, какая она стала большая за эти несколько минут, она вскочила так поспешно, что смахнула юбкой скамейку с присяжниками, которые покатились кувырком вниз, прямо в толпу, и там, на полу, стали извиваться, что напомнило Ане стеклянный сосуд с золотыми рыбками, опрокинутый ею как-то на прошлой неделе.

— Ах, простите меня! — воскликнула она с искренним огорчением и стала подбирать маленьких присяжников, очень при этом торопясь, так как у нее в голове мелькало воспоминание о случае с золотыми рыбками. И теперь ей смутно казалось, что если не посадить обратно на скамеечку всех этих вздрагивающих существ, то они непременно умрут.

— Суд не может продолжаться,—сказал Король проникновенным голосом,—пока все присяжные не будут на своих местах. Все,— повторил он и значительно взглянул на Аню.

Аня посмотрела на скамейку присяжников и увидела, что она впопыхах втиснула Яшу-Ящерицу вниз головой между двух Апрельских Уточек, и бедное маленькое существо только грустно поводило хвостиком, сознавая свою беспомощность.

Аня поспешила его вытащить и посадить правильно. «Впрочем, это имеет мало значенья,— сказала она про себя.—Так ли он торчит или иначе—все равно особой пользы он не приносит».

Как только присяжники немного успокоились после пережитого волнения и как только их доски и карандаши были найдены и поданы им, они принялись очень усердно записывать историю несчастья—все, кроме Яши, который, казалось, слишком потрясен, чтобы что-либо делать, и мог только глядеть в потолок, неподвижно разинув рот.

— Что ты знаешь о преступленье?—спросил Король у Ани.

— Ничего,—ответила Аня.

— Решительно ничего?—настаивал Король.

— Решительно ничего,—сказала Аня.

— Это очень важно,—проговорил Король, обернувшись к присяжникам. Те было начали заносить сказанное, но тут вмешался Кролик.

— Неважно—хотите сказать, ваше величество?—произнес он чрезвычайно почтительным голосом, но с недобрым выражением на лице.

— Неважно, да, да, конечно,— быстро поправился Король и стал повторять про себя: «Важно—неважно, неважно—важно»,—словно он старался решить, какое слово звучит лучше.

Некоторые из присяжников записали «важно», другие—«неважно». Аня могла заметить это, так как видела их доски. «Но это не имеет никакого значенья»,—решила она про себя.

В эту минуту Король, который только что торопливо занес что-то в свою записную книжку, крикнул:

— Молчанье!—и прочел из этой же книжки следующее:—Закон сорок четвертый. Все лица, чей рост превышает одну версту, обязаны удалиться из залы суда.

Все уставились на Аню.

— Превышаешь!—молвил Король.

— И многим,—добавила Королева.

— Во всяком случае я не намерена уходить,—сказала Аня.—А кроме того, это закон не установленный. Вы сейчас его выдумали.

— Это старейший закон в книге,—возразил Король.

— Тогда он должен быть законом номер первый, а не сорок четвертый,—сказала Аня.

Король побледнел и захлопнул записную книжку.

— Обсудите приговор,—обратился он к присяжникам, и голос его был тих и трепетен.

— Есть еще одна улика,—воскликнул Белый Кролик, поспешно вскочив.—Только что подобрали вот эту бумажку.

— Что на ней написано?—полюбопытствовала Королева.

— Я еще не развернул ее,— ответил Кролик.— Но по-видимому, это письмо, написанное подсудимым... к... к кому-то.

— Так оно и должно быть,— сказал Король.— Разве только если оно написано к никому, что было бы безграмотно,— не правда ли?

— А как адрес?— спросил один из присяжников.

— Адреса никакого нет,— сказал Кролик.— Да и вообще ничего на внешней стороне не написано.— Он развернул листок и добавил:— Это, оказывается, вовсе не письмо, а стихи.

— А почерк чей, подсудимого?— спросил вдруг один из присяжников.

— В том-то и дело, что нет,— ответил Кролик.— Это-то и есть самое странное.

Присяжники все казались озадаченными.

— Он, должно быть, подделался под чужой почерк,— решил Король.

Присяжники все просветлели.

— Ваше величество,— воскликнул Валет,— я не писал этого, и они не могут доказать, что писал я: подписи нет.

— То, что ты не подписал, ухудшает дело,— изрек Король.— У тебя, наверно, совесть была нечиста, иначе ты бы поставил в конце свое имя, как делают все честные люди!

Тут раздались общие рукоплескания: это была первая действительно умная вещь, которую Король сказал за весь день.

— Это доказывает его виновность, конечно,— проговорила Королева.— Итак, отруб...

— Это ровно ничего не доказывает,—

перебила Аня.— Вы же даже не знаете, о чем говорится в этих стихах.

— Прочесть их,— приказал Король.

Белый Кролик надел очки.

— Откуда ваше величество прикажет начать? — спросил он.

— Начни с начала,— глубокомысленно ответил Король,— и продолжай, пока не дойдешь до конца. Тогда остановись.

В зале стояла мертвая тишина, пока Кролик читал следующие стихи:

При нем беседовал я с нею
О том, что он и ей, и мне
Сказал, что я же не умею
Свободно плавать на спине.

Хоть я запутался — не скрою,—
Им ясно истина видна;
Но что же станется со мною,
Когда вмешается она?

Я дал ей семь, ему же десять,
Он ей — четыре или пять.
Мы не успели дело взвесить,
Как все вернулись к нам опять.

Она же высказалась даже
(Пред тем, как в обморок упасть)
За то, что надо до продажи
Ей выдать целое, нам часть.

Не говорите ей об этом
Во избежанье худших бед.
Я намекнул вам по секрету,
Что это, знаете, секрет.

— Вот самое важное показание, которое мы слышали,—сказал Король.—Итак, пускай присяжные...

— Если кто-нибудь из них может объяснить эти стихи, я дам ему полтинник,—проговорила Аня, которая настолько выросла за время чтения, что не боялась перебивать.—В этих стихах нет и крошки смысла—вот мое мненье.

Присяжники записали: «Нет и крошки смысла—вот ее мненье», но ни один из них даже не попытался дать объяснение.

— Если в них нет никакого смысла,—сказал Король,—то это только, знаете, облегчает дело, ибо тогда и смысла искать не нужно. Но как-никак, мне кажется,—продолжал он, развернув листок на коленях и глядя на него одним глазом,—мне кажется, что известное значенье они все же имеют. «Сказал, что я же не умею свободно плавать на спине». Ты же плавать не умеешь?—обратился он к Валету.

Валет с грустью покачал головой.

— Разве, глядя на меня, можно подумать, что я хорошо плаваю?—спросил он. (Этого, конечно, подумать нельзя было, так как он был склеен весь из картона и в воде расклеился бы.)

— Пока что—правильно,—сказал Король и принялся повторять стихи про себя: «Им ясно истина видна»—это, значит, присяжным. «Когда вмешается она...» —это, должно быть, Королева. «Но что же станется со мною?» Да, это действительно вопрос! «Я дал ей семь, ему же десять...» Ну конечно, это насчет пирожков.

— Но дальше сказано, что «все вернулись к нам опять»,—перебила Аня.

278

— Так оно и есть — вот они! — с торжеством воскликнул Король, указав на блюдо с пирожками на столе.— Ничего не может быть яснее! Будем продолжать: «Пред тем, как в обморок упасть...» Ты, кажется, никогда не падала в об-

морок, моя дорогая? — обратился он к Королеве.

— Никогда! — рявкнула с яростью Королева и бросила чернильницей в Ящерицу.

(Бедный маленький Яша уже давно перестал писать пальцем, видя, что следа не остается, а тут он торопливо начал сызнова, употребляя чернила, струйками текущие у него по лицу.)

— В таком случае это не совпадает,— сказал Король, с улыбкой обводя взглядом присутствующих.

Гробовое молчанье.

— Это — игра слов! — сердито добавил он, и все стали смеяться.— Пусть присяжные обсудят приговор,— сказал Король в двадцатый раз.

— Нет, нет!—прервала Королева.—Сперва казнь, а потом уж приговор!

— Что за ерунда?—громко воскликнула Аня.—Как это возможно?

— Прикуси язык!—гаркнула Королева, густо побагровев.

— Не прикушу!—ответила Аня.

— Отрубить ей голову,—взревела Королева. Никто не шевельнулся.

— Кто вас боится?—сказала Аня. (Она достигла уже обычного своего роста.)—Ведь все вы—только колода карт.

И внезапно карты взвились и посыпались на нее: Аня издала легкий крик—не то ужаса, не то гнева—и стала от них защищаться и... очнулась... Голова ее лежала на коленях у сестры, которая осторожно смахивала с ее лица несколько сухих листьев, слетевших с ближнего дерева.

— Проснись же, Аня, пора!—сказала сестра.—Ну и хорошо же ты выспалась!

— Ах, у меня был такой причудливый сон!— воскликнула Аня и стала рассказывать сестре про все те странные приключения, о которых вы только что читали.

Когда она кончила, сестра поцеловала ее и сказала:

— Да, действительно, сон был причудливый. А теперь ступай, тебя чай ждет; становится поздно.

И Аня встала и побежала к дому, еще вся трепещущая от сознанья виденных чудес.

А сестра осталась сидеть на скате, опершись на вытянутую руку. Глядела она на золотой закат и думала о маленькой Ане и обо всех ее чудесных приключениях и сама в полудремоте стала грезить.

Грезилось ей сперва лицо сестренки, тонкие руки, обхватившие голое колено, яркие, бойкие глаза, глядящие ей в лицо. Слышала она все оттенки детского голоса, видела, как Аня по обыкновению своему нет-нет да и мотнет головой, откидывая волосы, которые так настойчиво лезут на глаза. Она стала прислушиваться, и все кругом словно ожило, словно наполнилось теми странными существами, которые причудились Ане.

Длинная трава шелестела под торопливыми шажками Белого Кролика; испуганная Мышь барахталась в соседнем пруду; звякали чашки — то Мартовский Заяц со своими приятелями пили нескончаемый чай; раздавался резкий окрик Королевы, приказывавшей казнить несчастных гостей своих; снова поросенок-ребенок чихал на коленях у Герцогини, пока тарелки и блюдца с грохотом разбивались кругом; снова вопль Грифа, поскрипыванье карандаша в руках Ящерицы и кряхтенье подавляемых Морских Свинок наполняли воздух, мешаясь с отдаленными всхлипываниями горемычной Чепупахи.

Так грезила она, прикрыв глаза, и почти верила в Страну чудес, хотя знала, что стоит глаза открыть — и все снова превратится в тусклую явь: в шелестенье травы под ветром, в шуршанье камышей вокруг пруда, сморщенного дуновеньем, и звяканье чашек станет лишь перезвоном колокольчиков на шеях пасущихся овец, а резкие крики Королевы — голосом пастуха.

И все остальные звуки превратятся (знала она) в кудахтанье и лай на скотном дворе, и дальнее мычанье коров займет место тяжелого всхлипыванья Чепупахи.

И затем она представила себе, как эта самая маленькая Аня станет взрослой женщиной, и как она сохранит в зрелые годы свое простое и ласковое детское сердце, и как она соберет вокруг себя других детей и очарует их рассказом о том, что приснилось ей когда-то, и как она будет понимать их маленькие горести и делить все простые радости их, вспоминая свое же детство и длинные, сладкие летние дни.

Комментарии

Комментарии

В предлагаемых комментариях даются очень немногочисленные разъяснения того, что читатель не найдет в «Англо-русском словаре» под редакцией В. К. Мюллера (издание 17-е стереотипное); основное внимание сосредоточено на «технике» нонсенса, столь важной для адекватного восприятия текста Кэрролла. Поэтому мы поясняем отдельные случаи «перверзий» или «перевертышей», игру слов, каламбуры и другие приемы, которыми пользовался Кэрролл.

Мы не поясняем обычные для стихотворения сокращения (’tis, heav’n, ne’er, declar’d, remember’d; scarce — вместо scarcely — и пр.) или архаические грамматические формы глаголов (wak’d, hath, doth, make somebody a visit), а также синтаксическую тавтологию (The Queen of Hearts / She made some tarts...; This here young lady ... she wants for to know...).

В комментариях приводятся оригиналы дидактических стихотворений, которые пародирует Кэрролл, а также сообщаются некоторые биографические подробности, помогающие понять личностный план сказки.

В основу комментариев к английскому тексту легла книга Мартина Гарднера «Аннотированная Алиса» (Martin Gardner. *The Annotated Alice,* 1960), а также работы видных английских и американских специалистов Питера Хита, Элизабет Сьюэлл, Роберта Ланселина Грина и др., ссылки на которые даются в тексте.

В комментариях к переводу В. Набокова мы сосредоточиваем внимание на «источниках» пародий, которые автор берет из русской поэзии.

Alice's Adventures in Wonderland

К с. 31—32

В стихотворном вступлении к сказке Кэрролл вспоминает лодочную прогулку 4 июля 1864 г., когда он отправился вместе с тремя дочерьми ректора Лидделла вверх по речушке Айсис (приток Темзы).

Ah, cruel Three — три сестры Лидделл.

Prima (*лат.*) — «Первая», старшая из сестер Лорина Шарлотта, которой в то время было тринадцать лет.

Secunda (*лат.*) — «Вторая», десятилетняя Алиса Плэзнс.

Tertia (*лат.*) — «Третья», восьмилетняя Эдит.

К. с. 32

Like pilgrim's wither'd wreath of flowers — в старину странники, возвращаясь из святых мест, украшали головы венками цветов.

Глава I

К с. 37

"I wouldn't say anything about it, even if I fell off the top of the house!"(Which was very likely true.) — некоторые исследователи полагают, что это первая из шуток о смерти, которых немало в обеих книгах об Алисе.

antipathies — Алиса путает «антипатии» с «антиподами».

К с. 38

Dinah — кошку Лидделлов звали Диной.

Do cats eat bats?.. Do bats eat cats? — здесь Кэрролл впервые применяет один из самых характерных для нонсенса приемов: «перевертыш» или «перверзию». В данном случае он «переворачивает» отношения субъекта и объекта, подчеркивая их рифмой.

К с. 40

those beds of bright flowers and those cool fountains — биографы Кэрролла отмечают, что он, будучи помощником хранителя библиотеки Крайст-Чёрч, нередко работал в маленькой комнатке, окна которой выходили в сад, где играли девочки Лидделл. В этих словах в сказке многие видят намек на этот сад.

К с. 41

mixed flavour of cherry-tart, custard, pine apple, roast turkey, toffee, and hot buttered toast — пример соединения несоединимого, характерный для нонсенса.

К с. 42

this curious child was very fond of pretending to be two people — в этих словах можно услышать отголосок темы двойничества — излюбленной темы романтиков.

Глава II

К с. 43

Good-bye, feet! — здесь Кэрролл использует распространенный в английском фольклоре прием «отчуждения» какого-либо свойства (или части) целого, которое приобретает таким образом самостоятельность. Мотив отчуждения широко применяли романтики, подвергнув его переосмыслению в рамках своей поэтики.

К с. 46

Ada ... Mabel — было замечено, что имена "Ada" и "Mabel", если их написать подряд, дают имена двух ветхозаветных персонажей: Адама и Авеля (Adam — Abel).

Трудно сказать, насколько сознательно Кэрролл выбрал имена двух девочек, о которых вспоминает Алиса.

К с. 47

How doth the little crocodile... — большая часть стихов в обеих сказках пародирует известные современникам Кэрролла стихотворения. Стишок о крокодиле представляет собой пародию на стихотворение английского богослова и поэта Исаака Уоттса (Watts, 1674-1748), автора известных церковных гимнов и нравоучительных стишков для детей, входивших во все хрестоматии. Это стихотворение — *Against Idleness and Mischief* — входило в сборник Уоттса «Божественные песни для детей» (*Divine Songs Attempted in Easy Language for the Use of Children*, 1715). Приведем его текст:

> How doth the little bee
> Improve each shining hour,
> And gather honey all the day
> From every opening flower!
>
> How skilfully she builds her cell!
> How neat she spreads the wax!
> And labours hard to store it well
> With the sweet food she makes.
>
> In works of labour or of skill,
> I would be busy too;
> For Satan finds some mischief still
> For idle hands to do.
>
> In books, or work, or healthful play,
> Let my first years be passed,
> That I may give for every day
> Some good account at last.

К с. 49

bathing-machines — кабинки для купания. Во времена Кэрролла купающиеся пользовались небольшими кабинами на колесах, запряженными лошадьми, которые вво-

288

зили их в воду на нужную глубину. Через дверь, обращенную к морю, можно было войти в воду; большой зонт, укрепленный сзади, скрывал купающихся от взглядов публики.

К с. 50

William the Conqueror — Вильгельм Завоеватель (ок. 1027—1087), норманнский герцог. В 1066 г. высадился в Англии и, одержав победу в битве при Гастингсе над войском англосаксонского короля Гарольда II, стал английским королем.

Où est ma chatte? (*франц.*) — Где моя кошка?

К с. 52

a Duck and a Dodo, a Lory and an Eaglet — в именах этих персонажей содержится намек на реальных лиц, хорошо известных рассказчику и его слушателям. Вот как их расшифровывают биографы Кэрролла: "Duck" — это друг и коллега Доджсона преподобный Робинсон Дакворт (Robinson Duckworth), известный также под прозвищем "Duck"; австралийский попугай "Lory" — это Lorina, старшая сестра Алисы; "Eaglet" — младшая сестра Edith, а птица "Dodo" — сам Доджсон. Когда он заикался, то произносил свое имя следующим образом: Do-Do-Dodgson. Все эти персонажи принимали участие не только в исторической прогулке 4 июля; 17 июня 1862 г. Кэрролл взял своих сестер Фэнни и Элизабет, а также тетушку Люси Лютвидж на прогулку в Нунхэм вместе с Даквортом и тремя девочками Лидделл. По дороге их застиг сильный дождь, они высадились из лодок, но все равно промокли насквозь. В 1886 г., когда Кэрролл издал факсимиле рукописи «Приключения Алисы под землей», Дакворт получил от него в подарок экземпляр, на котором было написано: "The Duck from the Dodo".

Глава III

К с. 53

Edwin and Morcar — английский исследователь Р. Л. Грин, много писавший о Кэрролле и подготовивший, в частности, к публикации его дневники, обнаружил, что приводимая цитата взята из учебника истории (Havilland Chepmell. *Short Course of History*, 1862), по которому сестры Лидделл занимались в это время со своей гувернанткой мисс Прикетт. Грин полагал, что Кэрролл придал Мыши некоторые черты мисс Прикетт. Упоминаемые в отрывке граф Эдвин и граф Моркар, а также архиепископ Стиганд — видные деятели эпохи норманнского завоевания. Интересно, что Доджсоны находились в дальнем родстве с домами Эдвина и Моркара, впрочем, по мнению Грина, Кэрролл, скорее всего, об этом не знал.

К с. 54

Caucus-race — в этом словосочетании, употребляемом в данном эпизоде Кэрроллом, некоторые исследователи видят пародию на парламентскую борьбу. Термин "caucus" пришел в Англию из Соединенных Штатов и был переосмыслен англичанами: обычно его употребляли члены одной партии, говоря — в уничижительном смысле — о партии противников. Возможно, что Кэрролл употребил словосочетание "caucus-race" в переносном смысле, имея в виду, что члены комитетов различных парламентских партий часто бывают заняты бессмысленной беготней, которая ни к чему не ведет.

К с. 56

"Mine is a long and a sad tale!" said the Mouse...— "It is a long tail, certainly," said Alice — в последующей сцене Кэрролл «реализует» невольную ошибку Алисы, вызванную омонимичностью слов "tale" и "tail": отсюда стихотворение в виде мышиного хвоста.

К с. 57

"Fury said to a mouse..." — трудно сказать, кто — кот или пес — скрыт за именем собственным "Fury", которое Кэрролл выбрал для рассказа Мыши. Интересно, что для первоначального варианта сказки Кэрролл написал совсем иное стихотворение. Как отмечает М. Гарднер, оно гораздо более подходило к данному случаю, ибо в нем были и кошки, и собаки. Заметим также, что Гарднер считает, что "Fury" — пес и что в русских переводах этот персонаж обычно осмысляется как кот. Последующее стихотворение написано в форме «фигурного» или «эмблемного», такие стихотворения печатаются обычно так, чтобы их контуры как-то связывались с содержанием. Английский поэт А. Теннисон, с которым Кэрролл был знаком, как-то рассказал ему о сочиненной им во сне поэме о феях. Поэма начиналась длинными строками, которые постепенно укорачивались; последние пятьдесят-шестьдесят строк были двусложными. Во сне поэма Теннисону очень понравилась, однако, проснувшись, он не мог вспомнить ни слова. Возможно, что знаменитое фигурное стихотворение Кэрролла возникло под влиянием этого рассказа.

Приведем первоначальный вариант стихотворения.

> We lived beneath the mat,
> Warm and snug and fat.
> But one woe, and that
> Was the cat!
>
> To our joys a clog,
> In our eyes a fog,
> On our hearts a log
> Was the dog!
>
> When the cat's away,
> Then the mice will play.
> But alas! one day
> (So they say)
>
> Came the dog and cat
> Hunting for a rat,

Crushed the mice all flat,
Each one as he sat,
Underneath the mat,
Warm and snug and fat.
Think of that!

Глава IV

К с. 60

The Rabbit Sends in a Little Bill — в данном случае существует возможность двойного осмысления слова "Bill". Кэрролл словно нарочно вводит читателя в заблуждение: глядя на заглавие, можно подумать, что речь идет о небольшом счете, который кому-то посылает Кролик; лишь позже становится ясно, что "Bill" — это имя собственное.

К с. 62

...and when I grow up, I'll write one — but I am grown up now — Кэрролл употребляет здесь — с такой легкостью и естественностью, что поначалу его и не замечаешь! — прием «реализации» (или двойной актуализации) выражения "grow up", которое понимается двояко: сначала как «вырасту, стану большая, взрослая», а затем в буквальном смысле слова. Тот же прием находим в сцене суда (глава IX), когда речь идет о «подавлении» морских свинок или когда Король подвергает Кухарку «перекрестному» допросу.

К с. 64

cucumber-frame — теплица.

К с. 65

Pat — садовник Пэт (Пэтрик), судя по всему, ирландец. Об этом свидетельствует и его имя (Св. Патрикий — покровитель Ирландии; вот почему это имя так распространено среди ирландцев), и его своеобразная манера говорить, которую Кэрролл пытается передать: "Digging for apples, yer honour!"; "arrum" (= "arm").

К с. 69

An enormous puppy — в сцене со щенком, который кажется огромным уменьшившейся Алисе, мы имеем дело с перверзией большого и малого, которая производит особенно забавное впечатление, когда Алиса называет щенка "Poor little thing!"

К с. 73

"I am afraid I am, Sir..." — воспитанная Алиса употребляет в беседе с этим персонажем обращение "Sir" в знак того, что она воспринимает его как старшего по возрасту, если не по положению. Следует отметить, что по традиции животные выступают в английском фольклоре как существа мужского рода (за исключением специально оговоренных случаев).

Глава V

К с. 73

«Папа Вильям», с детства известный русским читателям по переводу С. Я. Маршака, пародирует давно забытое нравоучительное стихотворение Роберта Саути (Southey, 1774-1843) «Радости старика и как он их приобрел» (*The Old Man's Comforts and How He Gained Them*).

Приведем текст стихотворения Саути, которое пародирует Кэрролл.

"You are old, father William," the young man cried,
  "The few locks which are left you are grey;
You are hale, father William, a hearty old man;
  Now tell me the reason, I pray."

"In the days of my youth," father William replied,
  "I remember'd that youth would fly fast,
And abus'd not my health and my vigour at first,
  That I never might need them at last."

"You are old, father William," the young man cried,
  "And pleasures with youth pass away.
And yet you lament not the days that are gone;
  Now tell me the reason, I pray."

"In the days of my youth," father William replied,
  "I remember'd that youth could not last;
I thought of the future, whatever I did,
  That I never might grieve for the past."

"You are old, father William," the young man cried,
  "And life must be hast'ning away;
You are cheerful and love to converse upon death;
  Now tell me the reason, I pray."

"I am cheerful, young man," father William replied,
  "Let the cause thy attention engage;
In the days of my youth I remember'd my God!
  And He hath not forgotten my age."

К с. 78

"And where have my shoulders got to? And oh, my poor hands, how is it I ca'n't see you?"— последующий эпизод построен на том же приеме отчуждения различных частей тела, о котором говорилось выше в связи с ногами Алисы.

К с. 79

"...but nothing seems to suit them!"— в данном отрывке мы также имеем дело с перверзией, характерной для нонсенса Кэрролла. Однако это не простые перверзии большого и малого, субъекта и объекта, верха и низа. «На них не угодишь!» — говорит о змеях Горлица, имея в виду, конечно, противоположное: ведь она хочет не «угождать» змеям, а избавиться от них. Впрочем, этот случай можно рассматривать и как перверзию двух объектов (или субъекта и объекта). В этом случае Горлица говорит "to suit *them!*" вместо того, чтобы сказать "to suit *me!*".

К с. 80

"...but if they do, then they're a kind of serpent..."— одна из логических шуток Кэрролла. Английский философ Питер Хит замечает по этому поводу: «Довод, достойный этих птиц, известных своей безмозглостью; его часто цитируют в книгах по логике как пример ошибочности аргументации, основанной на нераспределенности среднего. Из того, что и маленькие девочки и змеи едят яйца, не следует, что два эти класса имеют общие члены. С другой стороны, из того, что «Если нечто — змея, то оно ест яйца», не следует, что «Маленькие девочки суть змеи» (Peter Heath. *The Philosopher's* Alice, 1974). Со змеей в глазах Горлицы, Алису роднит также и длина ее шеи.

Глава VI

К с. 81

Pig and Pepper — обратим внимание на аллитерацию в заглавии; то же в именах двух лакеев: "Fish-Footman", "Frog-Footman". Вообще Кэрролл часто использует аллитеративную организацию текста.

К с. 82

the Duchess — было замечено, что в качестве образца для своей Герцогини Джон Тенниел, первый иллюстратор «Алисы в Стране чудес», работавший в самом тесном содружестве с автором, взял известный портрет (кисти фламандского художника XVI в. Квинтена Массиса) Маргариты Маульташ, герцогини Каринтии и Тироля, более известной под именем «Безобразной герцогини» (ей посвящен роман немецкого писателя Лиона Фейхтвангера «Безобразная герцогиня», 1923).

К с. 85

"I didn't know that Cheshire-Cats always grinned" — во времена Кэрролла часто говорили об «улыбке чеширского кота». Происхождение этой поговорки неизвестно, однако существуют две теории, которые пытаются ее объяснить. Согласно одной, в графстве Чешир (где родился и провел свое детство и отрочество Кэрролл) двери пивных нередко украшали вывески с изображением льва, а так как доморощенные художники, малевавшие эти вывески, никогда львов не видали, то и рисовали их весьма похожими на ухмыляющихся котов. Согласно другой теории, чеширским сырам — а Чешир знаменит своими сырами! — придавали одно время форму улыбающихся котов.

Относительно чеширских котов современный английский писатель Алан Гарнер, родившийся и живущий в Чешире, где жили также поколения его предков, утверждает, что эти коты нежно-рыжего, почти персикового цвета и обладают бешеным темпераментом.

К с. 86

"...the earth takes twenty-four hours to turn round on its axis —" "Talking of axes," said the Duchess, "chop off her head!" — здесь снова Кэрролл играет на близких по звучанию словах: «ось» (земли) [ˈæksɪs] и «топоры» — [ˈæksɪz], что дает в результате неожиданный смеховой эффект.

К с. 87

"Speak roughly to your little boy..." — оригиналом для колыбельной Герцогини послужило стихотворение — «к счастью, забытое», по словам М. Гарднера, — которое различные исследователи приписывают разным авторам. Приведем первые две строфы этого стихотворения.

> Speak gently! It is better far
>   To rule by love than fear;
> Speak gently; let no harsh words mar
>   The good we might do here!
>
> Speak gently! Love doth whisper low
>   The vows that true hearts bind;
> And gently Friendship's accents flow;
>   Affection's voice be kind.

it was neither more nor less than a pig — обратим внимание на то, что Герцогиня, нянчившая младенца, восклицает: "Pig!" Эпизод с постепенным превращением младенца в поросенка приводится В. Трениным (1904—1941) как пример «реализованной метафоры» («Детская литература», 1939, № 4). Он пишет: «Некоторые эпизоды «Алисы» строятся на реализации метафоры. Герцогиня, в дом которой забрела Алиса, называет своего ребенка поросенком. Она дает Алисе понянчить его; на руках Алисы ребенок начинает хрюкать, а затем превращается в настоящего поросенка и быстро убегает от нее. Это простейший случай «реализации» метафоры; на этом приеме построено многое в сказке. Так, к примеру, герои Безумного чаепития «реализуют» свои имена». Ниже мы укажем на некоторые другие, более сложные случаи.

they're both mad — в последующем эпизоде Кэрролл опирается на английские поговорки: "As mad as a hatter" и "As mad as a March hare". М. Гарднер отмечает, что обе поговорки имеют реальное основание. В XIX в. профессиональной болезнью шляпников было ртутное отравление — его вызывала ртуть, вплоть до недавнего времени использовавшаяся при обработке фетра, что нередко вело к судорогам и различным психическим расстройствам. Вторая из пословиц имеет, конечно, в виду безумные прыжки зайца-самца в марте, в период спаривания.

Глава VII

Dormouse — «прототипом» Мыши-Сони был, возможно, ручной зверек — вомбат, принадлежавший английскому поэту и художнику Данте Габриэлю Россетти (1828—1882), имевший обыкновение спать у него на столе.

Кэрролл знал семейство Россетти и порой навещал его. Сохранилось несколько фотографий Россетти и его семьи, выполненных Кэрроллом, который был выдающимся фотографом своего времени.

Английская мышь-соня — грызун, живущий на дереве и более напоминающий маленькую белку, чем мышь. Зимой эти животные впадают в спячку. В отличие от белки сони — животные ночные, так что днем даже летом они спят.

К с. 94

"Why is a raven like a writing-desk?" — загадка Шляпника вызывала споры во времена Кэрролла. В предисловии к изданию сказки 1896 г. он писал: "Enquiries have been so often addressed to me, as to whether any answer to the Hatter's riddle can be imagined, that I may as well put on record here what seems to me to be a fairly appropriate answer, viz: 'Because it can produce a few notes, they are *very* flat, and it is never put with the wrong end in front!' This, however, is merely an afterthought; the Riddle, as originally invented, had no answer at all."

К с. 95

"Why, you might just as well say that 'I see what I eat' is the same thing as 'I eat what I see'!" — в этом абзаце Кэрролл продолжает игру в логические перевертыши.

"What day of the month is it?" ... Alice considered a little, and then said, "The fourth." — по наблюдению М. Гарднера, ответ Алисы позволяет определить точную дату приключений Алисы в Стране чудес. В конце прошлой главы мы узнаем, что дело происходит в мае (Р. 92),— следовательно, это 4 мая. Это был день рождения Алисы (она родилась в 1852 г.). Когда Кэрролл впервые рассказал свою сказку, Алисе было десять лет, однако, судя по всему, героине сказки — около семи. Об этом свидетельствует, в частности, фотография Алисы, приклеенная автором в конце подаренной им Алисе рукописи,—на этой фотографии, снятой Кэрроллом в 1859 г., Алисе семь лет.

К с. 96

"Two days wrong!" — А. Л. Тейлор (Taylor) отмечает, что 4 мая 1862 г. разница между лунным и солнечным месяцами была ровно два дня. Это позволяет, по его мнению, предположить, что часы Шляпника показывают лунное время, и объясняет его слова: «отстали на два дня». Трудно, однако, сказать, насколько Кэрролл имел все это в виду при написании сказки.

"What a funny watch! ... It tells the day of the month, and doesn't tell what o'clock it is!" — проблема времени с юных лет волновала Кэрролла. Среди его логических задач находим рассуждение о том, что остановившиеся часы вернее, чем те, которые отстают на минуту в день. Первые показывают точное время дважды в сутки, в то время как вторые — лишь раз в два года. «Возможно,— продолжает Кэрролл,— ты спросишь: «Как же мне все-таки узнать, что сейчас — восемь часов? Ведь по моим часам я этого не узнаю». Терпение! Ты знаешь: когда наступит восемь часов, твои часы будут верны. Прекрасно! Значит, ты должен держаться следующего правила: гляди, не отрываясь, на свои часы, как только они покажут правильное время, настанет восемь» (см. «Трудность вторую» в кн.: Л. Кэрролл. История с узелками. Пер. Ю. А. Данилова. М., 1973).

К с. 97

"If you knew Time as well as I do ... you wouldn't talk about wasting it. It's him — по традиции абстрактные понятия (Время, Смерть, Любовь и пр.) персонифицируются в английском языке как существа мужского рода. В последующем абзаце Кэрролл «реализует» выражение "to beat time" («отбивать такт»): Алиса употребляет его именно в этом смысле, в то время как Шляпник разлагает идиому на составные части и трактует их буквально.

К с. 98

Twinkle, twinkle, little bat!.. — песня Шляпника пародирует первую строфу известного стихотворения «Звезда», принадлежащего перу английской детской поэтессы Джейн Тейлор (Taylor, 1783-1824).

> Twinkle, twinkle, little star,
> How I wonder what you are!
> Up above the world so high,
> Like a diamond in the sky.
>
> When the blazing sun is gone,
> When he nothing shines upon,
> Then you show your little light,
> Twinkle, twinkle, all the night.
>
> Then the traveller in the dark
> Thanks you for your tiny spark:
> He could not see which way to go,
> If you did not twinkle so.
>
> In the dark blue sky you keep,
> And often through my curtains peep,
> For you never shut your eye
> Till the sun is in the sky.
>
> As your bright and tiny spark
> Lights the traveller in the dark,
> Though I know not what you are,
> Twinkle, twinkle, little star.

"He is murdering the time!" — To murder the time — здесь означает «врать», «фальшивить», «искажать мелодию или ритм».

К с. 100

Elsie, Lacie, and Tillie — три сестрички, жившие на дне колодца, — это Алиса и ее сестры. "Elsie" — это инициалы Лорины Шарлотты (L. C., т. е. "Lorina Charlotte"); "Tillie" — сокращение от Матильды (Matilda), шуточного

300

имени, присвоенного в семействе Лидделлов Эдит; а "Lacie" — не что иное, как анаграмма имени Алисы ("Alice").

"It was a treacle-well" — во времена Кэрролла неподалеку от Оксфорда существовал целебный источник, который был известен под названием "Treacle-Well". Слово "treacle" употреблялось в старину для обозначения снадобья от укуса змеи, яда и всевозможных болезней (*уст.* «противоядие»). Колодцы, которые считались целебными, в старину иногда называли "treacle-well". В отрывке обыгрываются значения слова "treacle" («патока» и «противоядие»).

К с. 101

"But they were in the well..." — **"Of course they were ... well in."** — Кэрролл продолжает игру в перевертыши: на этот раз, меняя порядок слов, он меняет и их значение (1-е — «в колодце», 2-е — «глубоко внизу»).

"They were learning to draw" (ранее: **"Where did they draw the treacle from?"**) — глагол "to draw" также используется для игры двумя различными его значениями: (1) «доставать (воду из колодца)» и (2) «рисовать».

К с. 102

"—that begins with an M, such as mouse-traps, and the moon, and memory, and muchness...» — в один ряд здесь стоят существительные вполне конкретные, легко поддающиеся изображению, и существительные, обозначающие отвлеченные понятия ("memory", "muchness"). Последнее усугубляется в выражении "much of a muchness"), которое М. Гарднер поясняет следующим образом: "*Much of a muchness* is still a colloquial British phrase meaning that two or more things are very much alike or have the same value; or it may refer to any sort of all-pervading sameness in a situation."

they were trying to put the Dormouse into the teapot — этот «бессмысленный» эпизод имеет, как ни странно, вполне реальное объяснение. Исследователь английской детской литературы Р. Л. Грин отмечает, что в викторианских семьях дети нередко держали мышей, сонь, морских свинок и других зверьков в старых чайниках.

Глава VIII

К с. 105

First came ten soldiers carrying clubs — с началом восьмой главы мы попадаем в карточное царство, где правят Червонный Король и Королева. В описании торжественного шествия Кэрролл обыгрывает названия карточных мастей: солдаты у него несут дубины ("clubs"), в то же время "clubs" — это и масть «трефы», придворные одеты в одежды, украшенные бриллиантами ("diamonds"), но это же слово означает и «бубны»; королевские детки изукрашены сердцами ("hearts"), но это также и масть «черви». Положение усугубляется еще и тем, что "knave" — это не только «валет», но и «негодяй». В последних сценах книги Валет Червей «реализует» свое имя.

К с. 108

"Their heads are gone, if it please your Majesty!" — ответ солдат звучит весьма двусмысленно: Королева понимает его так, что головы отрублены, в то время как солдаты имеют в виду лишь то, что они не могут найти виновных, а вместе с ними, разумеется, и их головы. И тот и другой смысл заложены в выражении "to be gone".

К с. 110—111

she noticed a curious appearance in the air ... she made it out to be a grin..."— "It's the Cheshire Cat..." — улыбка Чеширского кота — этот наивысший пример «отчуждения» — свидетельство его абсолютной и тотальной свободы и независимости: именно поэтому, вероятно, он и не нравится августейшей чете!

К с. 112

"A cat may look at a king" — старинная английская пословица, означающая, что есть вещи, которые люди низшего сословия могут делать в присутствии высших. Кэрролл «реализует» и эту пословицу: у него Кот и впрямь смотрит на Короля.

К с. 114

The executioner's argument was, that you couldn't cut off a head unless there was a body to cut it off from... — в этом рассуждении Кэрролл строго «логичен» — если не считать того, что в начале строго рационального спора лежит иррациональный факт (голова Чеширского кота, парящая в воздухе).

Глава IX

К с. 116

"Maybe it's always pepper that makes people hot-tempered ... and vinegar that makes them sour — and camomile that makes them bitter — and — and barleysugar and such things that make children sweet-tempered." — в данном отрывке Кэрролл играет на прямом и переносном значениях прилагательных: "hot" («острый, крепкий») и "hot" или "hot-tempered" («вспыльчивый») и т. д. "Camomile" — горький настой ромашки, которым широко пользовались для лечения различных болезней в викторианской Англии.

"Everything's got a moral, if only you can find it" — Стоит ли отмечать, что в речах Герцогини, стремящейся во всем увидеть свою мораль, слышится пародия на современные Кэрроллу дидактические сочинения для юношества?

'Oh, 'tis love, 'tis love, that makes the world go round!' — последняя строка Дантова «Рая», «безусловно, заимствованная из какого-то второсортного перевода», — замечает П. Хит. В переводе М. Лозинского она звучит так: «Любовь, что движет солнце и светила» (Песнь XXXIII, 145).

"Somebody said ... it's done by everybody minding their own business". — Алиса ссылается на слова самой Герцогини в главе VI.

К с. 117

'Take care of the sense and the sounds will take care of themselves.' — Герцогиня, разумеется, перевирает все пословицы или просто придумывает их заново. В данном случае, однако, она переиначивает английскую пословицу: "Take care of the pence and the pounds will take care of themselves". М. Гарднер, приведя ее в своем комментарии для американских читателей, прибавляет, продолжая кэрроллианскую игру: "The Dutchess's remark is sometimes quoted as a good rule to follow in writing prose or even poetry. Unsound, of course."

flamingoes and mustard both bite — глагол "bite" в данном случае употребляется в двух значениях: «кусаться», «щипаться» (о фламинго) и «щипать» (о горчице).

"there's a large mustard-mine near here. And the moral of that is — 'The more there is of mine, the less there is of yours' ". — Кэрролл реализует омонимию слова "mine": это и сущ. «шахта» и абсолютная форма притяжательного местоимения «мой».

К с. 119

"I don't even know what a Mock Turtle is." — "It's the thing Mock Turtle Soup is made from" — суп, о котором идет речь, — это имитация супа из морской черепахи, весьма популярная в прошлом веке; обычно он приготовлялся из телятины. Вот почему Тенниел нарисовал Mock Turtle с телячьей головой, хвостом и копытами на задних ногах. Давая своему герою это имя, Кэрролл исходит из приведенной выше шутливой этимологии.

К с. 120

"This here young lady ... she wants for to know your history,

304

she do." — интересно, что Грифон, существо сказочное и нередко геральдическое, изъясняется у Кэрролла, как простолюдин (двойное отрицание, неправильные формы глаголов и пр.). Это усугубляет юмор ситуации.

К с. 122

"We called him Tortoise because he taught us" — каламбур, построенный на созвучии слов "tortoise" («сухопутная черепаха» [ˈtɔːtəs] и "taught us" («учил нас»).

К с. 123

'French, music and washing — extra' — эта фраза часто стояла на счетах, присылаемых из школ-интернатов родителям учеников. Она означала, что за уроки французского, музыки и стирку белья в школе взималась дополнительная плата.

"Reeling and Writhing, of course, to begin with..." — все предметы, о которых говорит Черепаха Квази, — это каламбуры, обыгрывающие названия школьных дисциплин или арифметических действий: "reading, writing, addition, subtraction, multiplication, division, history, geography, drawing, sketching, painting in oils, Latin, Greek".

К с. 124

"That's the reason they're called lessons ... because they lessen from day to day" — этимология, конечно, носит шутливый характер.

Глава X

К с. 125

The Lobster-Quadrille — кадриль, бальный танец в пяти фигурах, был моден в то время, когда Кэрролл писал свою сказку. Дети ректора Лидделла обучались кадрили со специальным учителем.

К с. 127

"Will you walk a little faster?.." — в этой песенке Кэрролл использует размер и начало стихотворения «Паук и муха» популярной английской писательницы Мэри Хауитт (Mary Howitt, 1799-1888), которая в свою очередь использовала старую песню. Стихотворение Хауитт начиналось так:

"Will you walk into my parlour?" said the spider to the fly.
"'Tis the prettiest little parlour that ever you did spy.
The way into my parlour is up a winding stair,
And I've got many curious things to show when you are there."
"Oh, no, no," said the little fly, "to ask me is in vain,
For who goes up your winding stair can ne'er come down again."

К с. 129

"Yes," said Alice, "I've often seen them at dinn—" she checked herself hastily — добрая Алиса останавливается, ибо не хочет напоминать Черепахе Квази об обедах и о том, что на них едят ("dinn" — это, конечно, "dinner"). Простодушный Квази воспринимает недоговоренное слово как название места ("Dinn").

"They have their tails in their mouths..." — племянник Кэрролла С. Д. Коллингвуд, написавший первую биографию писателя, приводит его слова: «Когда я это писал, я думал, что это так и есть, однако позже мне сказали, что торговцы рыбой пропускают хвост через глазное отверстие, а вовсе не засовывают его в рот» (S. D. Collingwood. *The Life and Letters of Lewis Carroll*, 1898).

"Do you know why it's called a whiting?" — далее Кэрролл предлагает устами Грифона шутливую этимологию слова "whiting" (мерлан — рыба из семейства трески) и продолжает каламбурить. "Sole" — это, разумеется, «подметка» (башмака), но также «камбала» или «палтус», "eels" (Грифон, как и полагается простолюдину, не произносит звук

[h]) — это и "heels", т. е. речь идет об «угрях» и «каблуках». "Porpoise" ['pɔːpəs] и "purpose" произносятся похоже, что дает возможность еще для одного каламбура: "I should say 'With what porpoise?' — Don't you mean 'purpose'?"

К с. 132

"'Tis the voice of the Lobster..." — это стихотворение пародирует унылое стихотворение дидактического поэта Исаака Уоттса «Лентяй» (см. коммент. к с. 47, гл. II). Приведем его в оригинале:

'Tis the voice of the sluggard; I heard him complain,
"You have wak'd me too soon, I must slumber again."
As the door, on its hinges, so he on his bed,
Turns his sides and his shoulders and his heavy head.

"A little more sleep, and a little more slumber,"
Thus he wastes half his days, and his hours without number,
And when he gets up, he sits folding his hands,
Or walks about sauntering, or trifling he stands.

I passed by his garden, and saw the wild brier,
The thorn and the thistle grow broader and higher;
The clothes that hang on him are turning to rags;
And his money still wastes till he starves or he begs.

I made him a visit, still hoping to find,
That he took better care for improving his mind:
He told me his dreams, talked of eating and drinking;
But he scarce reads his Bible, and never loves thinking.

Said I then to my heart, "Here's a lesson for me,"
This man's but a picture of what I might be:
But thanks to my friends for their care in my breeding,
Who taught me betimes to love working and reading.

К с. 133

"...And concluded the banquet by—" — здесь естественно напрашивается: "eating the Owl".

К с. 134

"Beautiful Soup, so rich and green..." — 1 августа 1862 г. Кэрролл записал в своем дневнике, что сестры Лидделл пропели ему популярный романс «Вечерняя звезда» (*Star of the Evening,* words and music by James M. Sayles).

Beautiful star in heav'n so bright,
Softly falls thy silv'ry light,
As thou movest from earth afar,
Star of the evening, beautiful star.

CHORUS
Beautiful star,
Beautiful star,
Star of the evening, beautiful star.

In Fancy's eye thou seem'st to say
Follow me, come from earth away.
Upward thy spirit's pinions try,
To realms of love beyond the sky.

Shine on, oh star of love divine,
And may our soul's affection twine
Around thee as thou movest afar,
Star of the twilight, beautiful star.

Слово pennyworth в пародии Кэрролла переносится со строки таким образом, что образует неожиданную составную рифму — "two p" — к слову "Soup".

Глава XI

К с. 137

"The Queen of Hearts..." — старинная детская песенка; впервые опубликована в 1782 г., но, безусловно, имела устное хождение гораздо раньше. Кэрролл не приводит второй строфы:

The King of Hearts
Called for the tarts
And beat the Knave full sore;

The Knave of Hearts
Brought back the tarts,
And vowed he'd steal no more.

К с. 138

"Fourteenth of March, I think it was," he said — вспомним, что часы у Шляпника отстают на два дня.

К с. 140

"Bring me the list of the singers in the last concert!" — Королева вспоминает эпизод, о котором шла речь во время Безумного чаепития (гл. VII), когда Шляпник пел так фальшиво, что вызвал ее гнев.

—and the twinkling of the tea — Шляпник вспоминает песенку, которую он пел: "Twinkle, twinkle, little bat...", но слегка путает слова.

К с. 141

Here one of the guinea-pigs cheered, and was immediately suppressed by the officers of the court — один из ярких примеров «реализации» переносного значения слова, которому находится вполне буквальное объяснение.

К с. 142

"If that's all you know about it, you may stand down" — слова "you may stand down" представляют собой формулу, разрешающую свидетелю вернуться на свое место (он должен был спуститься с возвышения, где стоял во время дачи показаний). Формула эта также осмысляется буквально, т. е. «реализуется», в ответе Шляпника: "I can't go no lower ... I am on the floor, as it is."

К с. 143

"Really, my dear, you must crossexamine the next witness. It quite makes my forehead ache!" — в жалобе Короля также слышится намек на буквальное прочтение термина "crossexamine" («подвергнуть перекрестному допросу»); ранее

Кэрролл упоминает "folding his arms and frowning at the cook till his eyes were nearly out of sight..."

Глава XII

К с. 144

...upsetting all the jurymen ... and there they lay... — Кэрролл отмечал, что на рисунке Тенниела видны все двенадцать присяжных: лягушка, мышь-соня, крыса, хорек, еж, ящерица, петух, крот, улитка, белка, аистенок, мышонок.

К с. 148

"They told me you had been to her..." — это стихотворение-нонсенс Кэрролла пользуется огромной известностью; первый вариант его был впервые опубликован в лондонской газете *The Comic Times* в 1855 г. и начинался словами "She's all my fancy painted him...". Комический эффект создавался путаницей местоимений и полной размытостью реального плана.

К с. 150

"—you never had fits, my dear, I think?.." — **"Then the words don't fit you," said the King...** — каламбур Короля строится на двух различных значениях слова "fit": (1) сущ. «приступ» (ярости), «припадок»; (2) глагол «подходить», «соответствовать».

К с. 151

"Sentence first—verdict afterwards" — в словах Королевы содержится перверзия, легко замечаемая всяким, кто знаком с английским судопроизводством. Выслушав свидетелей обеих сторон, присяжные удаляются на совещание, на котором не имеет права присутствовать никто, кроме них, и выносят решение о виновности или невиновности подсудимого ("verdict"). Судья затем выносит приговор ("sentence"), опираясь на решение присяжных.

К с. 152

...till she too began dreaming after a fashion — далее следует «сон во сне», когда сестра Алисы видит в своем сне то, что приснилось Алисе. Примечательно, что события сна сестры (а вместе с тем, значит, в какой-то мере и события сна самой Алисы) соотнесены в последнем абзаце с событиями реального мира: с треньканьем колокольчика, с окриком пастуха, с мычаньем коров и пр. Эта двуплановость позволила одному из исследователей сравнить сказку с «Дон Кихотом». Не менее основательно можно было бы сравнить ее с произведениями романтиков (например, «Записками Кота Мура» Э. Т. А. Гофмана).

Аня в стране чудес

Глава 1

К с. 157

Набоков опускает стихотворное посвящение к сказке и приступает прямо к первой главе, название которой он слегка меняет. По этому поводу в предисловии к изданию 1976 г., осуществленному издательством Dover Publications Inc., NY, говорится: "Once in a while his high spirits lead him into linguistic extravagance even where the English is normal. A striking example is his version of the first chapter title. 'Down the Rabbit Hole' is the original, it emerges in Russian as *Nyrok v krolich'yu norcu*. Literally, on the face of it, this reads 'A Dive into the Rabbit-Hole', but the words chosen for 'dive' and 'hole' are also the Russian designation of two other animals: *nyrok* is a type of diving duck ... and *norca*, a diminutive form of *nora*, hole, also means mink. *Nyrok* and *norcu* are also amusingly similar in sound and appearance"

(Р. 2). Заметим, что подобные «излишества» называются сейчас у переводчиков «компенсацией» и что они позволяют себе прибегать к ней, когда сознают, что «недодали» по какой-то части автору.

К с. 160

...и продолжала повторять сонно и смутно: «Кошки на крыше, летучие мыши...» — приведем перевод этих строк П. Соловьевой:

«...и она сквозь дремоту повторяла:

— Едят ли кошки летучих мышек? < ... > а иногда путала, и у нее выходило:

— Едят ли мышки летучих кошек?»

Глава 2

К с. 168—169

Крокодилушка не знает/Ни заботы, ни труда... — Набоков «привязывает» свою пародию к известному отрывку из первой части «Цыган» А. С. Пушкина. Приведем его здесь:

> Птичка Божия не знает
> Ни заботы, ни труда;
> Хлопотливо не свивает
> Долговечного гнезда;
> В долгу ночь на ветке дремлет;
> Солнце красное взойдет:
> Птичка гласу Бога внемлет,
> Встрепенется и поет.
> За весной, красой природы,
> Лето знойное пройдет —
> И туман и непогоды
> Осень поздняя несет:
> Людям скучно, людям горе;
> Птичка в дальные страны,
> В теплый край, за сине море
> Улетает до весны.

(А. С. П у ш к и н. Полное собр. соч. в шести томах. М.: Гос. изд. худ. лит., 1949. С. 406).

С. Карлинский отмечает, что Набоков использует тот же отрывок из Пушкина, что и П. Соловьева (*Allegro*) в своем переводе, вышедшем в 1909 г. («Приключения Алисы в стране чудес». СПб, изд. журнала «Тропинка»). Приведем «пародию» Соловьевой:

> — Божий крокодил не знает
> Ни заботы, ни труда:
> Он квартир не нанимает
> И прислуги — никогда.
> Ночью спит, зарывшись в тину,
> Солнце ль красное взойдет,
> Крокодил нагреет спину,
> Щелкнет пастью и плывет. (С. 40)

Карлинский полагает, что Набоков был знаком с переводом Соловьевой. Если это так, тогда, вероятно, он сознательно выбрал несколько одинаковых «оригиналов» для своих пародий (см. ниже).

Глава 5

К с. 198

Совет Гусеницы. — Владислав Лён полагает, что Гусеница Кэрролла породила некий отклик в поэзии Набокова, а через Набокова — И. Бродского (В. Лён. Гусеница Владимира Набокова. — Человек и природа, № 11, 1989). Приведем цитируемое Лёном стихотворение Набокова:

> Нет, бытие — не зыбкая загадка.
> Подлунный дол и ясен и росист.
> Мы — гусеницы ангелов; и сладко
> въедаться с краю в нежный лист.
>
> Рядись в шипы, ползи, сгибайся, крепни,
> и чем жадней твой ход зеленый был,
> тем бархатистей и великолепней
> хвосты освобожденных крыл.

К с. 202—204

Скажи-ка, дядя, ведь недаром/Тебя считают очень старым...—в этой пародии Набоков использует в качестве «подмалевки» «Бородино» М. Ю. Лермонтова, которое, конечно, было очень хорошо известно русским детям.

Глава 6

К с. 218

— *Вой, младенец мой прекрасный...*—в колыбельной Герцогини Набоков весьма точно воспроизводит размер и рифмы «Казачьей колыбельной песни» М. Ю. Лермонтова. Приведем начало этого стихотворения, чтобы читатель мог их сравнить.

> Спи, младенец мой прекрасный,
>> Баюшки-баю.
> Тихо смотрит месяц ясный
>> В колыбель твою.
> Стану сказывать я сказки,
>> Песенку спою;
> Ты ж дремли, закрывши глазки,
>> Баюшки-баю.

(М. Ю. Л е р м о н т о в. Собр. соч. в четырех томах. Том первый. Изд. АН СССР, 1958. С. 470).

К с. 227

Мы с Временем рассорились в прошлом Мартобре, когда этот, знаете, начинал сходить с ума...—Набоков использует здесь слово Гоголя из «Записок сумасшедшего»: «Мартобря 86 числа. Между днем и ночью» (Н. В. Г о г о л ь. Полн. собр. соч. М.: Изд. АН СССР, 1938. Т. 3. С. 208).

Глава 7

К с. 227

. *«Рыжик, рыжик, где ты был?..»* — Шляпник поет песенку, в которой очень явно проступает известный в России стишок:

> «Чижик-пыжик, где ты был?» —
> «На Фонтанке водку пил.
> Выпил рюмку, выпил две,
> Закружилось в голове».

П. И. Соловьева в своем переводе «Приключений Алисы в стране чудес» также использует в качестве «оригинала» этот стишок, однако ее пародия звучит иначе:

> «Рыжик, рыжик, где ты был?
> Где ты шапку позабыл?»
> «Мерил шляпки я сто две, —
> Ни одной на голове!»

Глава 9

К с. 246

И мораль этого: слова есть — значенье темно иль ничтожно — здесь Набоков снова использует М. Ю. Лермонтова («Есть речи — значенье / Темно иль ничтожно...» — М. Ю. Л е р м о н т о в. Там же. Т. 1. С. 474).

Глава 10

К с. 261—262

Как дыня, вздувается вещий Омар... — здесь опять Набоков берет в качестве исходного стихотворения того же «Вещего Олега» А. С. Пушкина, что и Соловьева. Приведем ее пародию (С. 156—157 «Приключений Алисы в стране чудес»).

— Как ныне сбирается гордый Омар
Одеться на зависть омарам
И, лучшую выбрав из праздничных пар,
Прическу он делает с жаром.
Клещами все пуговки он застегнул
И в зеркало с гордой улыбкой взглянул.
Он путь свой направил на берег морской,
По моде последней одетый,
Туда, где на солнце песок золотой
Сверкал и горел разогретый.
— Далеко умчалась морская волна:
Теперь мне Акула — и та не страшна!
Пусть смотрят все рыбы! — Он лег на песок,
Усами надменно поводит.
И пучит глаза. Но прилив не далек.
Кто плавать не любит — уходит.
Шумя, на песок набегает волна.
Одна голова от Омара видна.
Совсем наш нарядный Омар ошалел
От водного пенного гула.
В волнах заметался и вдруг проглядел,
Как сзади подкралась Акула.
— Ты сам говорил, я тебе не страшна, —
И тихо Омара сглотнула она.

Н. Демурова

Льюис Кэрролл

ПРИКЛЮЧЕНИЯ АЛИСЫ В СТРАНЕ ЧУДЕС

(На английском языке)

АНЯ В СТРАНЕ ЧУДЕС

Перевод Владимира Набокова

Подробнее ознакомиться с содержанием
и оформлением наших книг можно по Интернету.
Наш адрес: **www.raduga.express.ru**

ИБ № 7062

Редактор *В.Я. Бонар*
Художественный редактор *Т.В. Иващенко*
Технический редактор *Е.В. Мишина*
Корректор *Е.В. Рудницкая*

Подписано в печать 10.03.99.
Формат 84х108/32. Бумага офсетная. Гарнитура Таймс.
Печать офсетная. Условн. печ. л. 16,8. Уч.-изд. л. 12,86.
Тираж 5000 экз. Заказ № 501. Изд. № 8839.

Налоговая льгота — общероссийский классификатор
продукции ОК-005-93, том 2;
953000 — книги, брошюры.

Лицензия ЛР № 020846 от 23 декабря 1998 г.
ОАО Издательство «Радуга»
121839, Москва, пер. Сивцев Вражек, 43.

Отпечатано в полном соответствии
с качеством предоставленных диапозитивов
в ОАО «Можайский полиграфический комбинат»
143200, г. Можайск, ул. Мира, 93.

ОАО ИЗДАТЕЛЬСТВО «РАДУГА»

Вышел в свет сборник

ЛУЧШИЕ АНГЛИЙСКИЕ РАССКАЗЫ 20-х ГОДОВ

на английском языке

В сборник вошли рассказы, созданные в 20-е годы нашего века и принадлежащие перу таких известных английских писателей, мастеров новеллистики, как Г. К. Честертон, У. Сомерсет Моэм, К. Мэнсфилд, О. Хаксли и др.

Тексты сопровождаются подробными лингвострановедческими комментариями.

ОАО ИЗДАТЕЛЬСТВО «РАДУГА»

Вышел в свет сборник

УИЛЬЯМ ШЕКСПИР
ЮЛИЙ ЦЕЗАРЬ

*на английском языке
с параллельными русскими переводами*

В настоящее издание помимо оригинального шекспировского текста вошли переводы Н. Карамзина и А. Фета, давно ставшие библиографической редкостью, классический перевод М. Зенкевича и впервые публикуемый перевод поэта А. Величанского, который работал над ним около пятнадцати лет.

Издание сопровождается предисловием и филологическим комментарием.